U0096593

詩‧行動

行動讀詩會五週年詩選集

策劃‧林煥彰
主編‧馬 修

詩‧Poetry

詩・行動・幸福

　　在華文世界裏，台灣是唯一擁有完全出版自由的地方，身在台灣，這是一種幸福！

　　在自由的環境裏，我們寫下自己的「詩」，我們唱出自己的歌，我們真正以「行動」來分享這充滿神奇的世界！

　　《詩・行動》──真的很「幸福」！

秀威資訊總經理

行動讀詩會榮譽顧問

宋政坤

《詩·行動》自由自在
——從「紅樓」開始

/林煥彰

1.

　　《詩·行動》是「行動讀詩會」成立五週年第一本詩選集，每位成員最多提供五首。拿到這份校稿，我心情非常愉快；細讀之後，更感到欣喜和安慰。

　　主編馬修是聯絡人，她做事一向認真、細心；她編這本選集，考量周全，除將「行動讀詩會年度詩獎」得獎作品及評委評語按順序編排之外，同仁作品選也一律按照各成員參加及作品寫作先後排下來，並簡潔扼要整理一份「行動讀詩會重要紀事」和康康老師發表在2008年5月號《文學人》雜誌的一篇詳細報導「行動讀詩會」發展歷程的文章：〈讀詩、寫詩、談詩〉，編成「附錄」，能清楚讓讀者了解「行動讀詩會」這群詩的愛好者，是以什麼樣的方式認真讀詩、寫詩、討論詩的成長過程。

　　這群愛好詩的朋友，大多是年輕人，每位都具有無限潛力；他們活動於21世紀初葉台灣現代詩壇的底層意義，以及將來可能會扮演什麼樣重要角色，是未可限量的；對我個人來說，有了這群可敬、可愛的詩友和這本詩選集，讓我重溫五年來，我們行動讀詩會每位同仁，平時如何努

力創作、閱讀、踴躍參與，並在每月例會中提出當月創作的作品，供同好認真、熱烈討論的成長方式，是十分難得的；我也和他們一起成長，努力鞭策自己、改變自己。

這群詩的愛好者，對詩的喜愛真的是認真而執著，但「行動讀詩會」卻是一個十分單純、十分自由的「讀詩會」；從一開始就沒有任何規章約束，誰都可以自由進出，來來去去，沒什麼心理負擔。這份「默契」，也不知如何形成，我滿喜歡這種「默契」；這大概就是一種「緣份」吧！我十分珍惜。

做為一個詩的愛好者，就是要自由自在；自由自在的讀，自由自在的寫，自由自在的討論，自由自在的來來去去……

2.

有些地方，有些日子，有些人，有些事情，在平淡的人生過往當中，是會成為彼此珍惜的共同的美好記憶。

「紅樓」是位在台北西門町；她是一座歷史建物，有很多迷人的故事，在上一代人、這一代人，或在台北人來說，都會有很多共同的美好記憶，但我們在她來說，是微不足道的，每一天總有不知打從哪些地方慕名而來，就那麼自然的走進去，走出來，來來去去；但人們都會記得她，懷念她……

2003年9月27日下午，「紅樓」是我們「行動讀詩會」第一次聚會的「臨時會所」。「我們」應該有哪些人，我已記不清楚；我只記得水月邀集一票在網路上活躍的詩友，沒有一位是我認得的。我說「我們」，我原本是

他們的「圈外人」，只因當時水月從高雄來台北，在「中國文藝協會」當志工，我恰好在王吉隆理事長（詩人綠蒂）的邀約下，在那年我生日的那一天（8月16日起至31日止），舉行個人的「詩‧生活」詩畫展；那陣子我常到「文協」走動。有一天，水月問我，可不可當他們指導老師？因為他們有幾位年輕朋友想成立詩社，徵詢我給他們一個詩社的名稱，我當場就答應樂意和他們一起讀詩，也當場給了一個「行動」的概念（「行動」，想到就要做到的意思），或許也可以做為詩社名稱。沒想到過了幾天，她再見到我時，表示他們討論過了，一致同意接受我的想法和命名。

從「行動詩社」到「行動讀詩會」，好像沒經過幾天，卻有了變化，也有了具體的結論：成立詩社太麻煩，也太沉重；足見他們是認真的、積極付諸「行動」。因此，第一次在「紅樓」聚會時，就直接稱為「行動讀詩會」，而「行動讀詩會」也一直維繫到今天。

3.

「行動讀詩會」一開始，原訂每月第三周周末下午二時至五時舉行一次例會，共同討論與會詩友當月提交的一首匿名詩作，由聯絡人負責列印給與會詩友；事先也貼在網站，便於因事不能出席的詩友，隨時可上網表示意見。每次討論都很熱烈，每討論完一首詩，作者就可現身回應，或補充說明寫作動機、表現技巧，或企圖表現什麼；有充分切磋、交流的機會。

　　第二次例會改在「文協」藝文沙龍舉行；有滿長一段時期，就固定在那裡聚會、讀詩，若碰到「文協」有活動，或場地外借，我們就臨時改在附近的「紫籐廬」；「行動讀詩會」也因此形成一個「詩的遊牧民族」，在台北東西區逐「詩草」而遷徙；參加詩友，沒有任何約束，比「遊牧民族」的生活還自由；可是，儘管如此，成員來來去去，五、六年了，也始終會有十來隻「留鳥」，而那些因就學、就業，來來去去的「候鳥」，也似乎好像從來不曾忘掉有這麼一個「行動讀詩會」；也許不知哪天，他們有空了，就會從很遠很遠的地方「飛來」，在例會中帶著他們的新作和大家分享。就以這次編印《詩・行動》五週年詩選集，一經聯絡人發出徵稿信函，很快就紛紛響應；而他們所提供的詩作，也的確都是從這五年創作並討論過的作品當中，自己挑選出來的代表作。

　　五年，就有這麼多扎實、豐富、多樣的作品，每個人都有不同風貌，是非常可喜的；尤其大家一直保有對詩的忠誠和熱愛。在這五年當中，我個人算是受益最大的，再怎麼忙也不敢輕易缺席的原因，就是對他們這份深具「詩的情誼」的珍惜，希望它也能像每個人生命中不可或缺的「鹽分」（緣份），一直延續……

（2009.10.10晨・研究苑）

目次

contents

目次

contents

目次

contents

卷一

行動讀詩會年度詩獎作品暨評語

童年之歌

／歐團圓

那首歌，請用大海雄渾的鼻音哼唱
伴我泅泳到海灣對岸
那兒刺鼻的魚腥味曾是我的性啟蒙
男孩心事藏匿於浪花底下的珊瑚礁群落
我的童年陷落在海床的斷層帶
一座珊瑚守護的海底城

那首歌，請走入風中狂野歌唱
漫漫冬日木麻黃孤獨的吶喊
天人菊癡癡仰望疾疾飛逝的雲
歸去，磟古石裸露的三合院
童年是一片傾圮的廢墟

姊姊上吊自殺哥哥遠走他鄉
母親老年癡呆
父親仍然固守他孤僻的城堡
我夢中的海洋鼾聲依然
生命何時碎裂成一片破碎的島嶼
我的童年是其中一座小小的無人島
寸草不生
只有海鳥的遺糞
和淒唳

〈童年之歌〉小評

／魯 蛟

對於詩的語言來說，可能是秩序中的非秩序，也可能是非秩序中的秩序。換言之，語言的表達似可允許它有較大的彈性和空間；可是在意象的掌握與呈現上，似宜力求緊密與飽滿。此詩就是如此。

作者用有限的文字做無限的發揮，一下子就把「荒涼的島嶼」、「破碎的家庭」和「不幸的村童」這三個淒涼畫面推到讀者的面前。讓你直嘆氣，甚至戰慄。

童年之歌多數是用歡樂譜成，他的歌則是串串呻吟，聲聲吶喊。

不知作者是否澎湖人，寫的該是澎島事——真實的海島傳奇。

註：原載乾坤詩刊2006春季號

【評審簡介】

魯蛟，本名張騰蛟，山東高密人，一九三〇年舊曆閏六月二十二日生。一九四九年十二月二十四日來台。

因為戰亂的關係，只過了三年半的學校生活（自小學五年級開始）。一九五四年開始創作生活，是早期的「現代派」同仁。著有詩、散文、傳記等二十餘種。有〈諦聽〉、〈溪頭的竹子〉和〈那默默的一群〉等七篇詩化的散文作品，先後被選入兩岸三地自國中到大學的十三種版本國文教科書中。

教師日誌

/蘇家立

一、
站導護那一天
卡車撞上學生時
我在騎樓下梳妝
晚上要約會

二、
學生從抽屜搜出零食
我一把搶了回來
秘密，在校長室更多
不只一包

三、
聽說只要點名條是乾淨的
學生就會乖一些
當然，糖果必須甜一點
他們的舌頭像蛇一樣

四、
開會持續四個小時了
手機頻頻來電
煽情的簡訊掀起我的眼簾
我忘記那是第幾個學生

五、
不能再繼續寫下去了
督學來查勤的同時
我必須從主任的身上坐起
整理一下骯髒的裙子

〈教師日誌〉小評

　／向　明

　　教師的形象本來都是道貌岸然，令人肅然起敬。但教師也是人，一切七情六慾也與凡人無異，可是這些都被尊嚴二字所掩飾。

　　這首〈教師日誌〉能夠大膽將這種面幕揭開，把別人不敢寫的私密生活坦白了出來，也算詩的一種另類功用。

註：原載乾坤詩刊2006春季號

【評審簡介】

　　向明，本名董平，湖南長沙人，一九二八年生，藍星詩社資深同仁；曾任藍星詩刊主編、中華日報副刊編輯、台灣詩學季刊社社長、年度詩選主編、新詩學會理事、國際華文詩人筆會主席團委員；出版詩集九冊、詩話集及詩隨筆五本、譯詩集一本、散文集三本、童話集兩本；曾獲文協文藝獎章、中山文藝獎、國家文藝獎；世界藝術與文化學院授予榮譽文學博士學位。

稻草人

　／莫　傑

戴上斗笠穿上簑衣
可我不做農事
不播種不插秧不施肥不收成
只要一旁監督

骨子裡是不偏不倚的十字架
天生不是行動派
也不介意被叫草包
漫天空想是唯一能做的事
用無聲的冷眼嚇走碎碎念的麻雀
稻浪是我等待的金色黃昏
我是農人的影武者
保衛每一綹稻穗，我的後代

大風吹，吹我身上每一根汗毛
等我身影單薄了
讓我穿上火
化成孩子的穀

簡評〈稻草人〉

　　／落　蒂

　　〈稻草人〉一詩，乃以稻草人在稻田中為守護稻子的成長，順利結成稻穀的意涵而完成的一首詩，有「以小喻大」，暗示任何犧牲自己、成全或照顧別人的偉大胸懷。

　　這一首詩，只有一個單一的意象，即稻草人犧牲自己守護稻子。語言十分精純，節奏也十分抑揚有秩。寫的是自己獨特的感受，卻有普遍性的情境，因而可以獲致更高層次的社會價值與美學價值。

　　　　　　　　　　　　註：原載乾坤詩刊2006春季號

【評審簡介】

　　落蒂，本名楊顯榮，台灣嘉義人，一九四四年生，國立高雄師範大學英語系畢業，國立台灣師大英研所結業，曾任高中英文教師多年。現為專欄作家，有《創世紀》「詩與詩人二重奏」、國語日報「新詩賞析」、台灣時報「讀星樓談詩」專欄。著有詩評集《兩棵詩樹》、《中學新詩選讀——青青草原》，詩集《煙雲》、《春之彌陀寺》、《中英對照落蒂短詩選》、《詩的旅行》等，詩作入選多種詩選。曾獲中華民國新詩學會「優秀青年詩人獎」、「詩運獎」、中國文藝協會「文學評論獎」等。

滋味

／藍　棠

一、
咖啡屋裡
我點了一杯名叫
氣氛

二、
酒　乾了一杯
一杯
又一杯
淚　仍是
鹹的

三、
變質的友誼
一如　　隔夜的
茶

四、
燒焦的愛情
撒再多鹽
也不能
冒充鍋巴

五、
我的嘴很刁
只飲月光吻過的
孤獨

六、
九層塔不懂
生生世世
只當配角

七、
切切剁剁
恩怨情仇
煲一鍋
人生

對生命無止盡的叩問

／落　蒂

〈滋味〉是一首由七節短詩構成的組詩，主題寫「顏色」，七節短詩代表人生的七種顏色，抽樣而已，並非剛好七種。有人寫人生苦短，有人寫人生的失落、受苦、寂寞，但不論是喜悅與憂傷，夢想與幻滅，衝突與妥協，愛和恨，昇華與墮落……都在第七節小詩中「切切剁剁，恩怨情仇／煲一鍋／人生」中完成，詩人以短短四行十三個字的短詩，就寫盡了人生的況味，酸甜苦辣，功力非凡。

我以為作者如果不歷盡人世的滄桑，實難完成這七節隱含哲理的人生小詩。讀第一首就讓我有意外的驚喜，走進咖啡屋，竟然不是點一杯咖啡，也不是點一杯苦澀，而是點一杯「氣氛」。「氣氛」兩字最含蓄，它可以是酸、甜、苦、辣，也可以是其他千種萬般。

第二首酒乾了一杯又一杯，淚竟然仍是鹹的；暗喻人生的某種挫敗，詩人在挫敗中，以詩做了最無力的反擊。第三首以隔夜的茶，明喻變質的友誼，哲理通透。第四首以再加多少鹽也無法使燒焦的愛情變成可口的鍋巴，十分傳神。若把鹽改成糖，就沒有意外的效果了。真好。第五首，最浪漫，誰也要嘗。

第六首也是人生走到一定程度的抗議，但還沒有看透。人生的美好，就在這透與不透間。

總之，七首小詩雖短，卻寫出了對生命無止盡的叩問！

註：原載乾坤詩刊2007春季號

土石流

／莫　傑

山丘蹲在高樓的陰影下
身上總是穿不暖
一下雨
就免不了噴嚏連連

檳榔對感冒無效
只見道路兩旁的西施頻頻招搖
粘住蒼蠅的目光之後
黑色的柏油都跟著
流鼻血

而一群站不住腳的矮房子
沒有靠山也只好低著頭
隨波逐流

評詩作〈土石流〉

／許水富

　　能寫出詩人心中的感觸，語言的善用是一項工程。其中的張力有疏有密有節奏有景象有繪畫有文法等，這些都是詩人內在呈現的描述風景。另外若是要從詩的分類來做區隔的話，又包含政治詩、社會詩、城市詩、自然詩、抒情詩、超現實詩等等。其實，一首好詩永遠是心靈的召喚，沒有分類可言。我讀〈土石流〉這帖小詩，若硬需靠岸歸類，應是一首試探存在的社會議題詩。且有深度的結構情境的好詩。作者的悲憫感懷在字裡行間，讓我聽到「斷腸人在天涯」的叫喚，讓人拭淚而有無助。

　　詩的動人，在於作者情釀之後的言語陳述和淬煉出的飽含意象。這首詩宣告台灣社會邊緣意識的覺醒；土地操縱者的背後陰謀以及那些被凌虐破壞的可憐存在者。當「土石流」來的時候，除了逃之外，我們還能做些什麼？控訴？吶喊？沉默？「山丘蹲在高樓的陰影下／身上總是穿不暖」，這是建築商的勾結問題？還是政策問題？為什麼我們要接受「穿不暖」的天大威脅？詩人把居不安的斷崖崩石陰峻，藉著「身上總是穿不暖」和「一下雨／就免不了噴嚏連連」做為進入「土石流」的圖像和意象面相。冷冷的呈示生命即傷的情景。接下來以嘲諷式的語調「兩旁西施頻頻招搖」到「黏住蒼蠅的目光之後／黑色柏油都跟著流鼻血」來暗喻整個場景的觸碰是一種揭示而有深度的回聲。直到最後無奈的「矮房子／沒有靠山也只好低著頭／隨波逐流」的難言之隱，貫穿最後收尾的喟嘆，彷彿我們聽到許多哭的聲音。面對「土石流」的隨時威脅，到

最後被命運被政策整體的沖刷，不難看出作者的吶喊到極端的無奈論述，其中的感懷、悲苦、鬱傷充滿存在的不安。

本篇短短十二行的詩聲浸透，隱約有三種情境的交混。

「土石流」已成為台灣風雨中可怕的猛獸。作者藉詩的提述，讓我們從語言的空間認知渾濁錯亂的社會議題現象，從新建構和新思維中覺醒，讓「土石流」不再有土石流。

註：原載乾坤詩刊2007春季號。

【評審簡介】

生活之外，小小生命版圖都在玩自己的遊戲。例如：作畫，寫詩，以及書法的鑿研。藝術讓庸俗壯大。讓狹窄的人生有了浪漫和亮麗。

師大美研所結業。廣告叢書著作有十本左右。詩集有六冊。書畫個展若干次。獎項不多。曾經是設計師。記者。打雜。目前屬兩棲類動物。白天教職餬口。晚上閱讀和創作。有時候，純粹是幻想。

一九五〇年代的新老人。思想絕對是年輕。金門浪人。筆名離人。創世紀詩雜誌的編委。出沒在放逐中。

行事曆

／巫　時

整齊的方格裡
盛裝各樣的顏色與記號
非常非常的固定除非
這時有雨

因此指針就凝固在
潦草的筆觸之下
我們相遇我們
安穩地前進
沒有任何巧克力的香氣

如果開始拿著花朵行走
如果圍巾攀附在脖子上
如果花謝了又開
如果有鳥飛遠又飛回來
如果衣服加厚或去除
如果有如果的規律

於是大家在城市裡都有著
一個位置
秩序藏在小冊子裡
藏在
秘密的路線上
習慣將成為規範除非
除非有雨

評析〈行事曆〉

　／方　明

　　科技的進步，促使現代人的生活形態、行動準則愈來愈精確，凡事都在「預約」的制度下「接觸」與「發生」。人類的靈魂似乎被圍限於「預設的程式」裡進行產生與發酵。作者的「行事曆」表達了上述行為之無奈，但卻「必要性」與「必然性」。

　　除非天候之劇變引起「規範的行徑」臨時更改，否則我們每天打開私密的行事曆，循規蹈矩的過日子，作者將現代文明的行為生態，用簡潔而有力的詩句表達得淋漓至極；詩作一開始便強烈切入主題：「整齊的方格裡／盛裝各樣的顏色記號／非常非常的固定除非／這時有雨」，倏忽，令人勾起陶淵明的「採菊東籬下，悠然見南山」，對比之隨興逸意，似乎愈來愈遠了。

　　　　　　　　註：原載乾坤詩刊2007春季號。

【評審簡介】

　　方明，廣東番禺人，1954年生，畢業於台灣大學經濟系，淡江大學中國文學系碩士班，巴黎大學經貿研究所，榮譽文學博士。組辦「台灣大學現代詩社」（1974年），並曾任社長。全國大專組散文獎（1973年）、曾獲兩屆台大散文、新詩獎（1974年，1975年），創世紀詩刊50週年榮譽詩獎（2004年），中國文藝協會2005年度五四文藝獎章詩人新詩獎，香港大學中文系2005年頒發宏揚中華文化「東

學西漸」獎、香港大學首展個人詩作（為期一個月）。現
為：中國文藝協會理事、藍星詩社編委、創世紀詩社顧問乾
坤詩社顧問、中華民國筆會會員。著有詩集《病瘦的月》
（1976）、散文詩集《瀟洒江湖》（1979）、詩集《生命是
悲歡相連的鐵軌》（2004）、〈歲月無信〉韓譯本（金尚浩
教授翻譯，2009）。

噠，十二行

／馮瑀珊

躁鬱的女人擁有悲慘的童年，她說寫詩
哎呀寫詩只是一種救贖，不為別的祇為
紀錄種種刻不上身體的傷疤所以纔寫詩
陰沉的男人不寫詩，但他的身世是首讀
也讀不懂的詩。他們戀愛他們互相拋棄
噠。唱機裡的雷射頭從第七音軌開始跳
芭蕾滑過了味覺其實並不如想像的酸楚
你看到窗外的蜘蛛跳躍，於是我們結婚
最後選在第四十九個向晚的黑色星期五
離婚。一樣是蜘蛛沾晨露來捺下紅手印
你可以分得我一半生命值和一份新遺書
嗶！聽到請回答聽到請回答聽到請回答

〈噠，十二行〉講評

/林明昌

關於〈噠，十二行〉，此詩情節歷歷，曲折而完整，猶如極短篇，略別於散文詩，我們可以稱為「小說詩」。

詩中寫出一對怨偶的結合與分離。這名女子，始終難以忘懷童年的悲慘遭遇與苦楚，以寫詩為救贖，記錄心中的傷痛。就在生命的躁動不安中，遇見了這名陰沉而具神秘感的男子。經過歡愉與傷痛交織的戀愛歷程後，他們結婚了，之後又結束了婚姻。

聽見雷射唱機「噠」的一聲，彷彿傳出時光跳動的聲響，如此迅速而輕易。縱使當時刻骨銘心，嗣後回想，只像唱機跳軌，並不如想像中來得酸楚。相戀結婚只是偶然，然而分手卻以命定，唯有兩人共同擁有的生命經歷無由抹滅。但是對這名女子而言，最後留下的，只剩無人相應的寂寥孤獨。

詩的前半情濃，角色明晰；後半筆冷，多用象徵。「噠」的一筆暈開，時光飛逝，「嗶」的一聲收束，喚醒藏匿不住的無奈與感慨。

註：原載乾坤詩刊2008夏季號。

【評審簡介】

林明昌，台北人。淡江大學中文博士，現任佛光大學文學系助理教授，世界華文文學研究中心主任。曾任林語堂故居執行長、佛光大學體育課及華語中心太極拳老師、

好好好家庭教育基金會董事、靈鷲山國際佛學研究中心副主任。

　　喜好音樂，二〇〇六年主持台北藝術大學古琴音樂會並演唱琴歌。曾拜師學習京劇、大鼓、說書、古琴、二胡、大提琴，著有《華語教學──理論與實務》、《想像的投射──文藝接受理論探索》、《閒情悠悠──林語堂的心靈世界》等。

幽靈的海

／巫　時

也許
是有那麼一種潮間帶

比熱帶魚擁擠
比水母還透明
無肺
更沒有腮
呼吸呼吸
繞著彼此旋轉
這樣歇斯底里的芭蕾
直到最後一絲記憶用完
你決定上岸。

背著海
等大海向你走來

〈幽靈的海〉講評

／落 蒂

　　〈幽靈的海〉寫愛情寫得十分深刻有味。尤其意象的使用更加功力非凡，例如「潮間帶」把千古以來情人間的互信與否寫活了。古詩「若知潮有信，嫁與弄潮兒」與這一首詩中的「潮間帶」寫潮來潮往，乃古今共通的美學。二段寫愛情的比喻，更是妙絕，使用的意象如熱帶魚、水母、肺、腮、芭蕾、岸……等均十分鮮活。末段寫愛的決絕更令人驚心：「背著海／等大海向你走來」，何等的堅決神情。

　　這一首原規定詩中要出現「背著海」或「歇斯底里的芭蕾」等字眼，作者不但讓兩者都出現，而且融合得非常好，十分不易；新詩沒有什麼限制，讓人誤以為比古詩好寫，所以有些作者就利用「行數」、「使用限定詞」來訓練自己寫詩的功力，方法不錯，值得肯定。

註：原載乾坤詩刊2008夏季號。

歌謠

/馬　修

他唱了一首雪的歌謠給我
好舊好舊的歌
像是偶然上山的午後
插隊在溪流小徑
爺爺童年的花

那時候世界沒來由的安靜
只剩下他的歌謠我的眼睛
一起跳舞的聲音
舞經過的地方開出
一串一串有味道的雪

我故意進入那些雪
想變得更芬芳；聖潔
想成為歌謠裡的雪
可以徜徉在他左胸口
柔軟的拍子裡

不過是揚手的姿勢
歌謠就抽搐
世界繼續無辜的靜謐，並
落給我一個侵入的名

歌謠消失後雪開始啜泣，紛紛
安靜的世界就這樣淌出
一道繽紛窈窕的白幡

〈歌謠〉講評

／大　蒙

　　〈歌謠〉，一首懷舊的詩，像一段黑白無聲電影。歌聲邈遠了，調子如何唱，已經不重要，重要的是那逝去永不回頭、跳躍的記憶，記憶裡沒來由的安靜。

　　行動讀詩會成員寫詩是作業，作業必須有主題。此詩的主題是「植物」。

　　詠植物而不詠具體的植物品種，卻詠某久遠記憶中白色、芬芳、飄零在溪流上無名的花，表面上似乎把主題模糊了，但在詩裡，花的形象反而超脫出來更為豐富。此花可以串連、可以幻化，讓人覺得這既具象又抽象的「花」和「歌」、「雪」、「芬芳」、「靜謐」、「白幡」竟是同意辭，多種指涉，同一靈魂，所有意象柔攏在一起，綜合成童年的記憶。那記憶永逝不回。

　　全詩語詞平緩、適切、懷舊，並有淡淡的憂傷，是一首很好的詩。

註：原載乾坤詩刊2008夏季號。

【評審簡介】

　　大蒙，本名王英生，原籍浙江義烏，1948年出生，現從事平面設計，為大蒙工作室負責人。

　　曾獲中國文藝協會優秀青年詩人獎、中國時報文學獎新詩評審獎。

　　經常發表結合動畫與圖像之跨界新詩作品，著有詩集《無端集》。

　　目前擔任中國文藝協會理事、中國詩歌藝術學會監事、乾坤詩刊社務委員。

青春

／欣　生

鏡子看不見昨天的願望

小格局，大境界

/落　蒂

　　「文章本天成，妙手偶得之。」用在〈青春〉一行詩作者身上，十分合適。這首詩，運用「鏡子」的意象，巧妙、完美得幾乎沒有破綻，又彷彿順手拈來，不費吹灰之力。

　　這首詩，彷彿沒有告訴你任何東西，又彷彿說了很多；有很多回味的空間。小詩易寫難工，尤其一行的微型詩，一句話要有詩的完整生命，成為一個自足的宇宙，的確不易；此詩不流於說教、格言，且有特色。

　　這首詩透明中有含蓄，淺顯中有深意，是長篇的濃縮體，讓人不必花太多時間，就可以體會出它的深意，同時又可以越想越深入，越想越有味；格局雖小，境界不小。

註：原載乾坤詩刊2009夏季號。

淡水

／詠　墨

無人知曉的午後
船隻陸續下沉
海底，桅杆傾杞如舊
不時為廣場上路過的外國口音
微微震慄

環堵皆書
它們一一被抽起，讀出
所有的來意
捷運站自洶湧而荒蕪
比老街更廢然
孩子手牽五色氣球，追逐
一再擊打欄杆的
樂曲的回聲

而我仍專注於推移手中頁數
等待書中的主角
從這個章節的對面
涉水直來，上岸
抱起木頭地板上那隻瞌睡的貓

淡水，清新可頌

／金泰成（韓國學者）

　　一般來說，詩的功能是為讀者提供一種嶄新的感動和思惟的端緒。好的詩，同時要有一定的音樂性，因為詩歌本質上是一種歌頌。在這幾個方面的要求，這首詩基本上都有一定的成就，也有相當的繪畫性，而且這些因素保持著一種和諧的狀態。

　　淡水是台北市民常去玩的地方，其空間蘊涵著大海與陸地之間對比及調和，露出一種兩棲性；這首詩的三段結構，充分表達這種和諧關係，以之造成生活與想像互相交往的一種美麗而自由的空間。

　　在語言方面，這首詩也盡可能避免過度概念性或陳腐的缺點，清新可頌。

註：原載乾坤詩刊2009夏季號。

【評審簡介】

　　一九五九年生於首爾，畢業於韓國外國語大學，中國語科及同研究所博士班。曾任湖西大學中國學系兼職教授、同德女大講師、梨花女大翻譯研究所講師、韓國外國語大學中國語系講師、季刊《詩評》企畫委員。現任梨花女大翻譯研究所講師、漢聲文化研究所代表。譯著有七十多本，包括中國當代文學、歷史、文化等。

去哪裡

／馬　修

睡著後的你彎成一個逗號
你的話還沒有說完，對吧！
慢慢說，慢慢說，我們一直都在
聽

睡著後的你弓成一只耳
我們知道你還在聽，對吧！
請放心，請放心，我們沒有偷說你壞
話

睡著後的你血壓呼吸畫出一座山
你要我們把你從山上帶回家，對吧！
沒問題，沒問題，回家的路我們一起
走

睡著後的你心跳出一波波海浪
你揮著手要彼此牽牢，對吧！
別擔心，別擔心，大手小手都在握
手

睡著後的你頭肩手臂腿腳
與延伸出透明軟管
勾勒出一朵白問號
你的姿態呈現出我們心底最急切的課題

睡著後的你要去哪裡？

二○○八年得獎作品暨評語

發乎真情且臻於詩境

／阿　鈍

　　感情的捕捉與表達，是詩最珍貴的資產。這首〈去哪裡〉表達了作者及其家人在病榻前，與將逝的親人永別時最親密、真摯的細語，哀思中有不絕的溫暖，悲傷中有動人的安慰。情感、場域、語言三者，自然交融，感染力特強。值得思考的是，作者雖然使用白描似的語言來呈現臨終的場景，但斷續的節奏和象徵生命狀態的符號等詩意，卻使得無限的傷慟獲得了某種中和與昇華。藉由面對生死，這首詩同時展現了精鍊的語言（也就是詩），在人面臨最重大的情感衝擊時，既可以對生命提出疑問，也可以對所提疑問給予導引甚至答案的巨大能量。想來如此發乎真情且臻於詩境的作品，對當前普遍欠缺真情實感的詩創作，應該會有相當的啟示；在宗教文學獎中，尤其會有其應得的位置。

註：原載乾坤詩刊2009夏季號。

【評審簡介】

　　阿鈍，學名林康民。1960年生，苗栗人，居台北汐止20年，被水扁了五次，從此發現水災有助於詩興，但寧可多飲酒，少泅水。2006年八月中旬某個初雷之清晨，開始選譯英國桂冠詩人Ted Hughes詩集《烏鴉》（"Crow"），彷彿進入一個創世與末世啟示錄交疊的時空。

卷二

行動讀詩會詩選作品

❀ 林煥彰作品 ❀

◎作者簡介

　　林煥彰，宜蘭人。一九三九年生，是獅子也是兔子。他喜歡寫詩畫畫，也喜歡兒童文學。他喜歡到處走走，也喜歡到處交朋友。他寫了不少給自己看和給別人看的詩；已出版八十多種著作，部分作品選入兩岸三地、新加坡語文課本，也譯成十多種外文。他喜歡畫貓，也寫了不少貓的詩，在德國有人稱他「貓詩人」。

　　（二〇〇三年九月起擔任行動讀詩會指導老師）

實話・實說

——給風／2003-12-20

我看不到你，但我知道
你在哪裡

親愛的，
說你是隱形人，但你的隱形術
並不高明

說你愛流浪，其實
你更愛自由

親愛的，
說了這麼多，其實
對你，我一點也不懂！

誰該和誰約會

──一個人喝下午茶的時候／2004-07-31

窗外，一棵挺立的檳榔樹
與三樓屋頂齊高；
他已習慣和自己的影子
和一條小巷，靜默對話

夏日午後的陽光，足可煮沸
一壺水，
沖泡二杯迷迭香；或

你來或不來，都無所謂
時間依舊會來
依舊會和我坐在同一邊；
一起品茗，一起聊天⋯⋯

檳榔樹的影子，緩緩斜向屋後的一隅
迷迭香和薰衣草都已忘了自己的香味
你可還記得
誰該和誰，一起約會？

附註：本詩2008年收入龍騰文化公司編印《高中國文》（四）教
　　　學評量B卷。

城市‧生活／2005-07-23

我寫了一首小詩，也接了
一張罰單；
我的車子停在紅線上——

（在城市生活，十分艱難！）

我的窗口，對著鄰居的窗口
鄰居的貓坐在窗台上，看著我
我熄了燈，也專心看著牠

（在城市生活，我變成偷窺者！）

我想要有一塊地，也想擁有
一片天；我踩著人家的屋頂
人家也踩著我的頭

（在城市生活，我是王八的龜孫子！）

堅持，堅持的本質／2006-03-18

樹，堅持樹的樣子
山，堅持山的樣子
大地，堅持大地的樣子

不在畫中的我，也堅持我自己的樣子

樹的樣子是，樹的堅持
山的樣子是，山的堅持
大地的樣子是，大地的堅持

我的樣子不在畫中，也是我的堅持

想五六島／2006-08-19

五六個仙人，坐在大海中
讀潮汐
也談天，也說地
也品茗，也喝酒

我是旅人，站在海邊
看海，看天，看
有時五個，
有時六個；看他們
讀風，讀雲，讀
來來去去的潮汐

站在海邊，那五六個仙人
邀我也加入他們
讀風
讀雲
讀天空
讀大地

附註：在南韓南部釜山附近的海濱，遙望海中一隅，有一群小島
　　　浮出水面，因潮汐起伏漲落，有時看到五個，有時看到六
　　　個，當地人稱「五六島」，而馳名。這首詩寫的是我二十
　　　年前首次旅遊釜山時留下的深刻記憶，也懷念我在那兒結
　　　識的韓國文學界的朋友。

❋ 傅予作品 ❋

....

◎作者簡介

　　傅予，福建省福州市，詩觀是「創作要為自己」！在宇宙中，人的生命如同螢火蟲一樣地渺小，生命在閃閃的流失中，寫下瞬間的永恆！本人于二〇〇三年八月間承蒙當時〈行動讀書會〉創辦人莊雅妃（水月）小姐邀請參加首次聚會，迄今將近六年；六年是人生一個甲子的十分之一，我從完全不能接受，而仍有毅力與勇氣和大家嘻哈一起，一路廝混過來，就是為了想揭開那隱藏在新詩多元面向背後的那一層面紗！ 所以，這六年我在「行動讀詩會」仍難忘林老師的一句名言：寫詩常會有「我的愛人你不愛」。煥彰兄此言也正是我所說的：「創作要為自已」！

　　（二〇〇三年九月參加首次行動讀詩會）

幽谷／2005-03-19

日頭，從黃昏到黎明，宛如
穿越地軸的一條隧道
讓片片晚霞碎成了星星點點
它，走過了宇宙的幽谷

生命，從手術房到加護病房
昏迷在麻藥的催眠中
讓刀刀割除了粒粒黑色的殺手
她，走過了生命的幽谷

愛情，從第一封情書到最後一封訃聞
一顆心在邱比特神箭的穿刺下
讓縷縷情絲斷成了夢夢幽魂
他，走過了人間的幽谷

信仰，從伯利恆到印度的伽藍寺
在「天國近了」，和「阿彌陀佛」的梵唱中
讓靈魂飛越一座死亡的幽谷，而
甦醒在一株菩提樹下的空巢
生命，走過了我的一個幽谷

註：本詩收入《傳予詩選》第100首，2009年4月秀威資訊科技公
　　司出版。

相，無相說／2006-06-29

世界本無色
都是太陽惹的禍
太陽用光創造了五顏六色
創造了白天與黑夜
創造了美與醜，又

創造了相，無相的論說，在
我的眸睫睜閉之間

（2009.08.20修正于惠州西湖）

註：般若波羅密多心經說：「色即是空，空即是色」，是故：
　　相，無相也。

霧，哈著九份／2008-11-22

從山峰上，你
凌空而下
海已漲潮，白浪滔天
半山腰蛇行的路
　路上的車
　　車中的人……
淹沒了

窗內，我的眼睛淹沒了

後記：2008年10月31日，九份「半半樓」開張大吉，筆者應詩人
　　　樓主煥彰兄邀約與「行動讀詩會」康康老師等三人共聚于
　　　「半半樓」，席間因濃霧驀地造訪有感而作。

註：本詩收入《傅予詩選》第58首，2009年4月秀威資訊科技公司出版

鳥巢

——「鳥巢」主題歌

鳥巢不在樹上
鳥巢在中國首都的大地上

鳥巢不是小鳥的窩
鳥巢有九萬隻來自世界各地的和平鴿
為了展現人類奧林匹克的精神
九萬隻鴿子歡聚在一個鳥巢裏

同一個鳥巢同一個世界，
同一個世界同一個夢想
同一個夢想歡唱同一首歌
同一首歌「大家都是一家人」

後記：「鳥巢」是二〇〇八年北京奧運的主體建築物，可容納觀
　　　眾九萬人。（2008.08.20初稿寫於北京鳥巢，同月三十日修
　　　正於臺北縣浮州橋下。）

本詩歡迎譜曲e-mail：fuyu.fu0522@msa.hinet.tw （傅予）

註：本詩收入《傅予詩選》第77首，2009年4月秀威資訊科技公司
　　出版。

時間

太陽一生的行程

註：本詩收入《傅予詩選》第13首，2009年4月秀威資訊科技公司
　　出版。

✿ 莫傑作品 ✿

◎作者簡介

　　本名曹明傑，淡大化工系畢，現從事相關工作。曾獲優秀青年詩人獎，乾坤詩獎。著有〈枝微末節〉。

　　（二○○三年九月參加首次行動讀詩會）

再瘦，也沒有我自你房裡退出，
那麼瘦／2005-04-30

再看一眼便無神佇立
瘦如湖邊青垂的楊柳絲

也是細雨也是晴
沒聽見一葉風聲冉冉飄過
有的是桃花綻顫輕笑
我挑起的火種開始延燒遍野
自丘陵到洞穴焦土一片
你豢養的蛇還在咬著
房門口那毯蜷縮的承諾
裡外不是鏡中的戲碼
退潮後的岸上滿是
出遊的矯情

那麼輕，那麼涼，那
麼無視於群眾存在的激情也
瘦似塞車長龍中一鳴哀怨的喇叭

註：詩題來源，洛夫作品：〈和你和我和蠟燭〉「用我的鑰匙／
　　開你的房門／用你的火／點我的蠟燭／蠟燭，摟著夜餵奶／
　　夜胖了／而蠟燭在瘦下去／再瘦，也沒有我自你房中退出／
　　那麼瘦」

瓶中信／2006-11-18

終於看到了，親愛的你
日夜在瓶中翻滾
文字被暗潮拉扯變形
畫像在灰燼的塗抹下
還是眼前最深刻的素描嗎？

我還在，孤單的島上
看著浪潮來去，星星閃滅
心湖的月亮兀自圓與扁
關於氣象報導你還
信嗎？總沒說個準的

相見的日子想必
比你承諾的短
比下次想你的時間長

末祝
比我幸福

因為　風的緣故／2007-03-24

我看見一林子骨柴
是僅僅需要一微末愛的
火種就能燎原

隨勢而起的煙霧就玩起
時左時右的飄移
可以浪湧也可以潛行
能吞下所有慾望，但
熄了就
滅絕了光

因此看見的只有黑
為了火花的綻放而放下膝蓋
風景是你不曾經過的一張華麗豐收
的明信片
緣由無人知曉
故事的仙女棒才要燃起

註：2007年3月讀詩會指定詩題，洛夫作品：〈因為風的緣故〉。

牽手／2007-05-26

正把年歲投影成一閃即視的燈片
空把虛影交錯的時光翻閱而靜靜回想
一直是包著熱餡、一直是看似假裝
開始是獨自出發，後來
我們一起坐下，嚼下火燙的私語

能不能揮別聲音看其他的詩句
比方你的眼神或是上星期六的午後
你不費力就貼近我的眼睛
成為眼鏡，移花接木我視線中所有的影射
就算只是場猛烈的西北雨
淋濕路面除了你沒有水痕；我誤解了
便將證書灑上了你的香氣
約好才空出的週末要去巴黎敗金
聽教堂的音樂？

寄給你借住的書籍，掩口而相擁的舊日
滿臉是與日光搏鬥的雀斑
你轉眼就白了，不需化妝
被雨濕透的日記告訴你一個秘密
輕觸這些暗自刻劃的苦楚
包裹重重的絨布留給我

那片土地錯過的秧苗發霉之後
沒有丁點收成；我的愛從刪節號……

緩緩飄起，我們慢慢靠近
那樣不錯，我安靜地哼起我心頭的歌
你在童年的鞦韆上勾勒我們
未來的藍圖，畫著
搖天空。

迷路／2007-07-21

天空佈滿你的眼
山巒隆成你的鼻
暗潮漩出你的圈圈耳窩
微風吹過你的嘴邊細語

你的心是一座迷宮
不需要出口

❀ 曾念作品 ❀

....

◎作者簡介

　　曾期星，筆名曾念，一九七六年十一月生於南方的屏東。國立彰化師範大學國文系畢業。曾於屏東縣立長治國中實習期間開設新詩班，一年後主編學生詩集《換季的掌紋》；現於台北縣蘆洲國中任教，開設社團「詩詩入扣」；曾獲頒優秀青年詩人獎等。以身為池田門生為榮，誓願傳唱一生美好的「師弟之歌」，並成為真正的創價詩人。

　　（二〇〇三年九月參加首次行動讀詩會）

午后／2004-02-21

翻過一個夢自午后醒來
發現鏡中
飛出一隻迷路的蝴蝶
正服用著一口
老莊

葬事 ╱ 2004-10-30

詩齡半百
附帶幾聲咆嘯時代的乾咳

遠徙的鶴群再度歸來
焚一座盛唐的城市
向相忘無罣的海上

一首詩的盡頭前
是如此美麗的抵達

病事十四行／2004-11-20

窗外
厚實的藤蔓滋長
深知病理的餘生，薄如
耳膜裡隱約的鐘聲

真理的光澤劃過頹疲的眉梢
打亮一床空洞的眼神
倉皇的心門　命運的採光

攤開雙臂，活像迎風的十字架
沿著一路放聲的聖歌
勇敢細嚼平日默誦的歸途

盤旋的禱詞，振翅如蝶
翩飛在家園含淚的巷弄中
醒悟，不再任性地豢養
一則生前的秘密

有贈／2005-04-30

有幸在假日
先清出一口痰把日子搗碎
這樣的姿勢是卜卦來的

生活配樂的胸口　疼痛
依舊咳不出一齣
感人的默劇
如此拍板　令人叫絕

人生的尾音帶血
如額前輕掀的戰事
一點渴望的冒險
如此活著　像樣的格局

當革命振筆到髮白
如果意外地踩出單腳的高音
也都該謙卑如詩

在這樣陽光燦爛的早晨

——致我親愛的孩子們／2006-03-18

在一如往昔的早晨
燦爛的陽光一樣射入
攤開友人默讀後潸然淚下的詩篇（註）
我領著孩子學習對世界
更大方的追問
學習對生活的勇氣義無反顧
即便明知沉默之間是愛
也樂此不疲

彷彿片刻的時光經歷美好的一生
我們相互陪伴、理解、難免疑惑
不忘叮嚀彼此向一天的片刻
要一份幸福的情節
或者裡頭留有善意的憂傷
也樂於求索

窗外的陽光一樣射入
落在前往詩篇末段途中
孩子的面容不顯疲倦
彷彿在詩句間明白故事的盡頭
每一天都是最後一天
要把一天當一生來活
因為我們是那麼善於遺忘

再多的夢境⋯⋯

闔上最後的詩篇
在今天　我渴望寫詩給孩子
並問候過去的我們
那些曾經橫跨彼此內心的詩
詩中　已懂得的寬容和力量
一如我們思念許久的和平
在下一個失眠的雨季
來臨前

註：友人潸然淚下的《詩篇》，為詩人李進文作品〈每一天都是
　　最後一天〉。

✿ 關雲作品 ✿

....

◎作者簡介

　　關雲，本名汪桃源，籍貫在湖南，誕生在台中大肚，童年在林田山林場。

　　學業在花蓮，心情在詩歌，生活在國畫與京劇，生肖在一步一腳印的牛。

　　為母的心路在《在智慧邊緣的孩子》，首部詩集在《夢在星光下》。

　　（二○○三年十月首次參加行動讀詩會）

好想／2007-01-27

咕──，咕
再唱一首思想起
不要月琴
僅以清籟般
向大地難眠的人們
輕哼著晚安曲
咕──，咕
告訴我
何日我如你
塵土之上
山之崖　陡之壁
水甘土美　幽壑溪澗
潑墨迷霧裡
與南極老仙翁
與李白在峰頂
藏之深山終日謳歌賦詩

靜夜讀你／2007-06-16

毋論鄉關路有多遙遠
沉浸在畫的彩色天地裡
彷彿屋裡晃動著山水的身影
古老的小鎮
被咕咕貓頭鷹
一句句滄桑的旋律

今天一過又一年
花開與花謝
曲終人散的同時
怦然擊中心臟　的
咕～～咕
聲聲不絕於耳
和陶翁相邀
遙想　遁入山林

五官的眼／2007-07-21

是心靈的快門
讓舞台山水進畫卷
妝點時代的風景線

我喜歡沒有聲音的小天地／2007-12-29

小小的黃螞蟻
陪著我瀏覽著短詩集
臀和小腿發麻了
兩眼一亮　精神振奮
其實適才的發呆和快下垂的眼皮
祇是讓我的思緒跟著
把時間撥轉緩慢的方式
假寐祇不過在醞釀　已
成形的詩句

詩就是詩／2008-09-20

喜愛清籟之深夜
毫無睡意的星們
把那混亂了每一日的雜念
總算在這晚沉澱了較乾淨的「心靈」
簡潔的詩句便出爐了

✳ 馬修作品 ✳

◎作者簡介

馬修，台北縣人。

在宜蘭縣開始認識世界。

在台北縣開始學習。

在台中市開始工作。

在行動讀詩會開始認識寫詩的人。

（二〇〇三年十月首次參加行動讀詩會）

飛，往你的城市 /2004-12-25

黎明與黑夜一同在
夢的中心點起飛
航道，睡成一群群山脈
時間失向

不易感
緯度啊；日照啊
太多流動的溫度
擾亂努力遠眺的雙眼

我每秒鐘百次的振翅，如蜂鳥
仍感到氣流裡的寂寞
雲層，開始有騷動的跡象
光束靜謐，持續侵蝕著

目的地，在天亮後消失

1881／2005-02-19

神龜的密碼
觀音在子時決定的
味道比海水濃稠

受膜拜的土地都隨著血液
流到如鷹的鼻翼
略像勾勒好的版圖
邊疆，仍需再做調整

堅持迷路的人
帶著死亡先離開
遺忘的行李；定期被擦拭

而留下一小段臍帶的人
都被賦予相同的口音
他們用這口音編織
人群裡的密度
比天堂擁擠一點且還有種

母性的距離；充滿魅力

青銅鷹

獻給森林的神──祖母／2006-11-18

在韌強羽翼編織下
十七畝青苗有光有溫暖

有誰碰觸過鷹，長空中的鷹
地面上的芽從光芒中破土
光後面羽毛色澤的變化
比夕陽遙遠，無人抵達

鷹盤旋的長空下溪流貼著忙碌，忙碌
所有流向土壤，溫柔的字彙與歌謠
像夜裡足夠說完願望的星星
那樣稀少

發亮的爪挾著適切的體溫
透明的水勁，澆置新芽
每一株都是甜美及好

很多年後，樹擦拭鷹
利喙上沈默的體液
未貼近過的肢骨伸入葉脈
端坐。逐漸成型，成一座鼎。

紅木桌裡的眾神栩栩
如生的綠苗灼灼
他們帶著鷹的恭敬朝天抽枝

收翅的鷹棲息在群苗
出發的位置，禱詞與喧嘩
在這裡肩碰著肩叮嚀彼此
延續鷹的版圖

鷹沒有給時間任何轄區
鷹將全部的飛行
佈線在群苗吐納的上方
綿密，無熾

群樹貼著茁壯茁壯的夏日
鷹取下爪，開始趺坐向天
以跳動的記憶演繹十七座森林

青蛇／2007-10-13

血在日子裡孵化沒一丁點聲音
她吸吮一些目光蛇苺盤行般
也吸取一些靈，吸盡年華
之後醒在日子表皮上
模樣立在傳說中女子轉生之前

時間凋落的聲音嵌入事件的隱喻
玫瑰在莖部重新盛開
啟示地流血將神諭的鱗片淹沒
宛如英雄行路暗藏回的曲線

這幾年潛浮她身邊
在她手背與額上
目睹她用蛇的方式紀年

妳的流域／2008-10-18

是的，我們陸續取走妳一些
筋肉和骨血
各自佈置如妳掌紋的流域

我們，是妳意識流域的主流
互生的騷動沖刷妳的眼
摩擦出彷彿大年初一的光
妳包裹成紅香包並束進
如蠱的寧靜禱詞
庇佑每一種步伐

是的，蒼老與距離有關
妳的蒼老是一種壯大
也是哀傷
我們壯大是妳唯一的主流
不斷擴散
流動與妳相同意識
在他方

是的，我們從妳身體裡長出意識
茁壯，離開

❀ 谿硯作品 ❀

◎作者簡介

　　李維敏，1981年生，筆名谿硯，彰化師範大學國文系畢業，現任忠信高中國文科教師。

　　詩觀：不講道理，詩要用文字寫畫面，寫出節奏，有音樂有故事有感動

　　（二〇〇三年十二月首次參加行動讀詩會）

魚躍龍門

——花蓮天祥九曲洞觀景有感

此刻
魚枯坐
沒有一滴太平洋的海水
比眼裡這條長河更鹹

逆「上善」
石頭，你兀自頑固
騰躍水花一驚呼
落石飛濺
龍王遣的差事
懸在峭壁間

歷史的利刃順著水勢劈開
是左岸呢還是右岸？
脅迫一線藍天
後世論戰細節裡你的
官位絕口不提
倒是兩岸鎂光燈不斷擠眼
弄眉　白雲無心掠過

魚腹中一節秘密的骨
遙望上游泉源
張口
呼吸一陣落葉

附註：

　　九曲洞對岸有一條科蘭溪注入立霧溪，陡急的溪水沖蝕大理石壁，在山壁上跳躍翻滾，而大理石山壁也被水切出一道彎曲而狹窄的峽谷，從外觀上看來，有一巨大的大理石佇立在一旁，狀似越過急流的鯉魚，因此有人將此地取名為「鯉躍龍門」。

2003-05-31初稿
2009-06-06定稿

領悟

鋒利的葉緣悄悄
在和風中煽動
割傷每雙潔淨的眼神
一個踉蹌栽進滿刺的花叢

海浪和岩石太遙遠了
枕不著浪花諦聽每顆心
洗滌後絮語的飄綿
撫不著鞭笞後
岩脈層層汗水的滲透
身心淪陷為亂草的養分越瘦越枯乾

今天，再回到你們面前
用懺悔獻祭
山谷裡迴盪著你們溫厚的諒解
激動竄出喉頭
海啊！　你的涵容是因遼闊還是憂鬱
岩啊！　你的堅毅是因硬的質地還是……

「我受過無數的傷」

海潮遞來那曾是岩石的眼淚
在閱讀他累累的傷痕裡幸福入睡……

2002-12-18初稿
2009-06-06定稿

遺失一條圍巾

9：50AM，「母親↓情人」的電車前一分鐘離站
站員說：「一根毛線也沒有撿到。」
所以聲音依舊冷冰
在情人的雙眸中凝視自己
車門乍開，被遺忘的圍巾掙脫美麗的鎖骨
去吻涼涼的雲從此漂泊
或者，臥軌。等 待 支 離
會不會還有童年偶然拾起
圍在搖著兒歌的頸上？
懊悔責備粗心驚覺時已遲了一鐵軌的距離
我遺失一條圍巾，遺失一截
纏著鵝黃交織發燙的棒針
那蒼老的指尖，便遺失一段童年

2002-12-18初稿
2009-06-07定稿

❋ 蘇家立作品 ❋

◎作者簡介

　　家立，現任小學特教教師，勇於探索；他說：

　　井要鑿得夠深，才能讓泉水湧出。否則就是徒勞。

　　寫詩亦是如此。有時如激昂的濤浪，在砂岸鑲上銀邊；有時如一根芒刺，緊扎著澎湃的心，使眉頭緊蹙卻又露出輕狂的微笑。

　　為誰而詩？這是個浪漫且無底的問題。為從不存在的戀人？為一把由心靈鑄造的長劍？還是一抹倦夜的晚霞？

　　或許一切都不重要。我不過是詩的碎片，只要風輕輕一拂，就是他人習以為常的呼吸，如此簡單輕盈，一如縋入井底的木桶，光是舀起水的幻影，便令人心滿意足。

　　（二〇〇四年六月首次參加行動讀詩會）

這片天空下，有你的風聲 /2007-01-27

可能每一隻候鳥渡海前
早已擁有交換泥土的本能

記得，我曾是一隻沒有翅膀的候鳥
拔起別人硬插上的羽翼
以纖細如枯枝的腳撐起天空
尾隨一朵白雲、一鳶風箏
牽著小小的影子，獨自行走

在白色的懷抱裡找到自由
是風箏——那個脫線的美人
該悄悄飄搖的夢
她，不經意撩撥著藍天
替一畦畦的稻田
種下遙遠的金色之吻

那朵白雲剛泳入我的左脇，便已沉默。
彷彿釘在昨日上的標本
被一根根尖銳的雨針刺穿
透露出：它的寂寞緣由一對眼神的凝結

我只能緩緩搬移著山丘、小河、都市、鄉村……
甚至是星星失語的黑夜
有時用力拍打胸骨
嗽出一瓣瓣微羞的粉櫻，隨後

濺灑的泥土為兩地置放重逢的座標

我在天空下自由地挪動美景
曾是一隻用腳旅行的候鳥
偶爾抖落一撮羽毛
讓風在空隙中遠眺海岸
原來候鳥只是輕輕地在貝殼裡
蜇旋著海蒼翠的回音
而浮雕一座天空
羽根始終要抹上一幅黃昏

存在／2007-09-15

花瓣的陰影很淺
天平兩端
飄浮著無味的花香

妳是白霧
與夕陽有著天生的距離
在落日還沒替天空點火前
遠處的山洞是金色的

有幾條人影很陌生
偶爾重疊在一起
閒聊幸運草褪色的謎
妳還能飛
在他們上頭從不展開翅膀

花瓣的顏色很美
蠟燭燃燒卻看不見淚
懸空扶月的樓宇
只能往上登爬

如果火能選擇逃亡
風的語言是它唯一的出口
妳在風的懷抱裡半裸
連綿的山嶂藏匿了剩下的曼妙

花蕊的心是白的
小河的名字是翠綠
妳的孤唇剛爬滿青苔
吮著晨曦的透明，微顫

輕推小窗而入
妳翻動一本古老的字典
讓百合落在某個字上
露出的另一半是青

花朵的聲音很溫馴
永遠使天平兩端，水平

靜止／2007-10-13

那是我被陌生人從沙漠裡釣出的故事
我交給他一個透明的名字
預測月球將會成為粉末
以溫柔的定義

一個炎熱的編年史
讓我在沙漏裡找尋時間
捲曲的短髮繫著遠方的風景
一顆汗珠掉落而成了綠洲
我很渴

陌生人將名字埋在血管裡
他留下一封泛黃的遺書
沒有需要懂的內容
影子帶著他遠離
那是我進入沙漏前的回憶

沒有人曾經告訴我
看見一個空罐子就必須伸手探索
儘管它有著謎般的黑
後來我在一個罐子中找到蠍子
我的胸口遵循著牠的引導
啟示地流血，直到黃變成了紅

我想我是懷念著陌生人的

沙漏底部躺著一株株枯萎的幸運草
我的眼珠像月球的粉末
不停地朝西邊發光

我很渴
嘴邊輕咬著當年寒冷的餌
沙漸漸淹過我的呼吸
如果我是透明的
在垂直裡，在旋轉中

虹色的七絃琴／2008-10-18

一、
跋涉而來的兩雙腳印
偶然在城市的剪影裡交錯
留下有盡頭的東西
晚禱鐘聲，在遠方響起

替星空繫上長夜的紅色髮帶
不斷飄揚

二、
穿越十字路口的從容
讓兩個人拾起彼此模糊的名字
柔和的手巾
揮發著鬱金香的憂鬱

夕陽從不保證光的時效
陡然接觸的手心
流著露珠

三、
莫名的潮水正侵略著
某間喧囂的甜點店
乘坐著香蕉船的兩個人
交叉的十指緊緊牢扣

吸吮甘甜的海，面對面
兩個人，看著窗外一棵橡樹
綁著褪色的黃絲帶

四、
井邊，碎落著清澈的幸運草
平行的雙影
越拉越長
越拉越細

蟋蟀的鳴叫聲呼喚著
披著薄衫的秋

五、
一個人規劃出橢圓的旅程
需要一根菸
一件厚重的風衣

另一個人望著沒有深度的海
丟下幾顆光滑的石頭
逼問藍天的回音

六、
略過一頁頁迷人的詩篇
那個人枕著戀字啜泣
走過一片片尖銳的樹叢
這個人忍著鮮血哀鳴

穿越一層層沉默的迷霧
終點是遼闊的葡萄園
葡萄，還沒成熟
兩個人的影子疊合成月光
輕輕剝開對方的膜

七、
悄悄渡過喜鵲搭乘的橋
跋涉而去的兩雙腳印
並行著
和諧的心跳聲

虛幻般飄落的藍楹花
被風撩上另一個女孩憔悴的眉頭
她的瞳孔，埋著淡淡的紫

灰濛濛／2008-09-20

那個灰濛濛的下午
挑逗薄霧的雨一直飄著，輕浮著。
霧的下方總有不可告人的好
有一隻小鹿剛好經過了地平線
呦呦唱著黃昏，與公開的冷冽

而放在你胸前的手掌
那份豐滿曾讓我感到惶恐
掌紋印上了你無法躍過的地平線
那時的雨很冷
下午的街上沒有半輛車子
如同天空被篤信著一定有雲

我必須以一條長河無謂的漠然，往
那個灰濛濛的下午
流涉一首短詩；有關於雲
我懂得沒有比天空多
有關於你，或是凹陷的陰部
懸崖前的濃霧似乎更了解

很深。很暗。那個灰濛濛的下午
正盪著冷颼颼的雨
有陌生人在山谷中烤著鹿肉
微火，還沒有熄

我卻想起你深邃的眼眶裡
只有兩顆碎玻璃
在這個晴朗的上午裡。很亮。很淺。

✿ 不二家作品 ✿

◎作者簡介

　　本名范家駿，一個白天在碼頭上扛貨的綑工，一個夜晚在燈下摸索的文盲。一直是如此般地生活了──詩歌始終離我很遠，遠到，我幾乎忘了自己的樣子。

　　（二○○四年九月首次參加行動讀詩會）

括弧／2004-11-20

（　喜歡妳低頭的樣子
腰桿微微地弓滿心事

妳熄燈的右手
寫在枕下那尚未發芽的囈語
向左側翻了輪廓
恰好是一句晚安的長度

夢從上游中抽出一條魚骨
魚頭焦急地尋找故事的身軀
在流失的坡度中
然而結尾是一種完美的動作
我們總貪心地
劃不完青春的河流

哀傷我甦醒的樣子
妳張開捕夢的雙臂
緊緊地將我　）

平衡感／2005-01-22

親愛的 T
你說，如果我們一直就這樣
向下挖掘
頭頂的天空
會不會就這麼大一些？
還是，或許我們換個方式
練習縮寫
散漫的心事
能不能因此拘謹一點？
（合撐一把雨傘去描述晴天
我們反穿著剛買來的衛生衣
愛上不潔的感覺。）

我說，真理只是一個滲裂的茶杯。
你如此斟酌著自己
直到整座曠野淹滿
不退的幻覺。
一對白老鼠的表演：
在時鐘的內部
逆時針奔跑著

會不會親愛的 T
這才是你要的完美。

螺絲／2005-02-19

我一生都活在節骨眼裡

出生時
我頭頂上就有個傷口——
無法痊癒的憤怒。
當我擰進妳的身體裡：
被動的愛人
我們婉轉地傷害著彼此
啊，在最沉默而又激情的吻合中
以我炙熱的體溫
為妳車造一條，雪亮的膛線

神說：悲傷。當疼痛賦予生命更遠的視野
由無數精密螺旋體裝配出的
人類。我研究你們
在沒有盡頭的生產線上
木然隨時崩潰的表情
以極其嫻熟的動作
完美操作構造簡單的巨大機器
在一個又一個不被連貫的噪音中
粗糙地將彼此鎖入

輪迴，我以一身形容你
復活節前夕，雨
夢中我生鏽得厲害

踮著世人看不見的腳尖
憂懼的步伐，發出
與大地告解的黑色哭聲
逆時針，我禱告
每一次自轉
就是對宇宙的一次體會
直到觸及彼此最艱深的描述

我是如此活在極端裡
千萬光年之外
將自己深深嵌入
這一體成型的世界

一個冷眼的　X

居中，有時稍左的人間 /2005-07-23

居中，有時稍左
大街上人們以睡姿寒喧。

一匹野馬在內側車道奔跑
紅燈前，禮貌性停下腳步。
老婆提醒我：
動物園關閉前，別忘了
把你的寶馬跑車停回去。

居中，有時稍左
有心的人
走路時請靠右
我開始竊喜自己與生俱來的偏頗
然後驕傲地否定，然後。

瞧！春天，一隻鼻孔猶在跟自己賭氣。

有時候很想上網查詢，誰曾認真統計過
早晨起床，左腳或右腳
比較容易安全著地？
傍晚，左半球的天空依然發炎。
妻問我
在極度乾燥的房間
愛撫，是否違反公共安全？
還是打電話找個陌生人吧……

：對了，妳那邊幾點？

一顆飄洋過海的種子／2005-09-24

捧著溼漉漉的神旨上岸
當你翻開聖經中空白的那頁——
看見了耶穌基督如一朵蓮花般微笑。

從海上來的，你有雙堅硬的翅膀。
找塊最危險的蠻荒，面海，舉起手中的
十字架往黑暗掘入，直到土裡湧出
一座發光的房子。
（迷惑的我們將手中的弓箭放下
跟隨族長手牽手，圈圈唱起我們失傳已久的祖靈歌謠）

生根，就心甘不再飛翔了嗎？
以微笑典當了這雙屬於天堂的翅膀
你向明天換來嘲笑、眼淚還有
幾句彆腳的山地話。
（感謝主。）我在門外不安地張望
伸手接過你比手畫腳的
苦糖果，當你躲在門後
看我生氣地將它吐掉。
（感謝主。）將聽筒伏在每位阿美族人大理石般的胸膛
你細細傾聽彼此內心堅定的告解，久久
久久，當回程的月船划過臉龐
此刻我們才發現你的膚色
早已變得跟我們一樣。

點滴瓶圍成的女兒牆，風一吹
有時也會發出想家的聲音。
（你提醒自己，第三床五分鐘後可別忘了換）
一群地上生活的天使，在晾曬魚尾紋的廣場
靦腆地跟隨我們跳起流傳已久的曼波舞蹈
：兩臂交叉，來，向外平張……

我們緊緊握住你柔韌的手
與你身上那股原生種的，草香。

註：謹以此詩獻給花蓮門諾醫院。

❀ 白水作品 ❀

....

◎作者簡介

　　白水，本名黃玉玲。

　　從喜歡讀詩，到模擬寫詩的過程，不過是短短幾小時的時間而已。這個臨時起義的想法悄悄發酵。唐詩、宋詞、元曲、白話詩、現代詩，課本裡的節選和課外選集，都是我喜愛閱讀吟哦再三的好文章。已經是前中年期了，對於詩，還是一如初衷。在生活裡要繼續與詩意「勾勾纏」沒完沒了。

　　有詩，go了。

　　（二○○四年十二月首次參加行動讀詩會）

潛海訓練／2008-04-26

腳痠
我們隱約聞到潮浪氣味
這裡
訓練初始先光著腳丫子
水鏡
咬緊
嚼到沒甜味的口香糖剛好封住
耳朵
閉氣
就這樣懷念起自由的呼吸

涼冷的驚嚇只維持三秒鐘
岩島漸次遠離
那無聲孤寂迴旋了，又再一次波及
揮別了藍魚癡吻和光影蜉蝣
伙伴們！
划向　　　地心

你悄悄環視礁石
緊張眼瞳像太陽
光照
熾烈

紅眼睛／2008-05-31

不可捉摸地
妳關心起我眼睛砂粒
太陽使出討好笑臉春風也不為所動
猜想高溫和我天生熱血的
緣故

妳下令：回家，馬上回家
小心翼翼迴避
我的眼
記得：明天不要，後天也不要
來

上學半途
一群獨眼龍解釋放假都是傳染來的
不安地　　又
眼紅了

藏你 / 2008-06-28

月老拋出紅線
度量心湖　　　　　　夠寬嗎？
沒把握
躲進左邊口袋裡
發呆

那樣故意地距離
讓人暈眩
公車和紅綠燈比賽耐心的應變能力
餘光隱匿
你的幽靈
再裝模作樣下去？
四面八方而來各式聲響
暗雲被塵埃擁抱

藏你就是要
低調

消失的片段／2008-10-18

捉　迷　藏
遊戲暫停開始醒來
還記得有人說：最危險的地方最安全

夢問候
你還在嗎？
幫幫忙找被遺忘的人
用力吶喊
越界時空枯瘦了
寂寞眠夢
無需再翻譯這美麗的動詞

瑪　　蝶

註：「瑪蝶」，仿日語「暫停」之意。

話說／2008-11-22

　　沿著桃花源標誌
進入
　　舞風桂竹林
進入
　　細雨野薑花
進入
　　炊煙石頭屋
進入
　　雲霧清溪
進入
　　洗滌的婦人
進入

迷失方向天光盛景，話說
出口

13作品

◎作者簡介

　　13，本名黃春華，一九六七年生，台灣台南人，二〇〇五年開始於網路學習現代詩寫作，現居台北。

　　（二〇〇五年元月首次參加行動讀詩會）

2005裝置藝術／2005-06-25

譬如一碗稀飯要從生米開始
直到米粒破裂成湯
你煮了一顆種子
包括它的前世和今生
你煮了一束稻穗
包括曾經落在它身上的月光
還煮了曬穀場上的烈陽
煮了穀倉裡潮濕的空氣
也許還有農人手上的汗
以及奮力跳上小卡車之後氣喘吁吁
現在有一個宇宙爆炸了
你喝下漫天的火光

至於詩
只適合給水青色的心搧搧涼

童年相片簿（節錄）／2005-08-20

一、
出生前
將那著火的白羊吞進肚裡
它燃燒著
一個無形的軀體

二、
順著掌中的線條
這樣走著：
把刀背向著別人。

三、
在城市的下水道
你飛翔
像隻安靜的燕子

四、
拿起剪刀
把牆剪出一條縫
讓你的髮
在那裡飄揚

五、
活下去。
吃你媽媽銜來的樹仔

她堅固的牙齒
和翅膀

六、
這麼多年了
你已經不再問
出生前住過的那個房子
為什麼不見了

七、
你愛過的人
他們讓你吞毒藥
你想要感謝
看到自己黑色的臉

八、
你現在這樣唱：
　「我不能夠給誰奪走僅有的春光
　　我不能夠讓誰吹熄胸中的太陽 」
你只想要
他們的笑容
永遠那樣

穿過那最薄最薄的／<small>2005-09-24</small>

坐在面前卻已透明
握在手中卻已失溫
站在肩頭卻已走遠

沒有形體的括弧
裡頭還有人在說話
或者是括弧本身在說
我們從未到過那岸從未看清
兩葉小舟真正豎立起來的模樣

我們的小舟曾行過一片透明湖水
行過許多濕漉漉且
搖擺不定的皺紋
卻不是岸上的樹根

要就穿過
穿過那最薄最薄的

九月／2005-10-29

門上那副鐵
被風吹過就生鏽了
那時，風是一隻筆刷
吞下滔滔江水之後
它摸了摸鐵的心腸
手指跟著變瞎

一分過一秒
仍是有人看見了
等待如何磨著它的刀
如何讓聲音變得尖銳
它慢慢刮掉，身上那層皮
成為一只銀色髮簪

直到能夠縮起
愛人腦門上
千堆雪

3166病房（節選）/2005-11-26

008
她的眼睛感到莫名的哀傷
是的，它無法說話

她把眼睛埋進牆裡
一點一點崩塌

這樣她就可以重新獲得
說話的自由

009
鐵製的方糖
她把故事摺疊摺疊再摺疊
最後綁上一隻
張不開翅膀的蝴蝶

她說給我火
我就能飛

槍已經上膛
子彈卡在她的想像

010
他們開始
用一隻愛情的蟲子

割除她的眼睛耳朵鼻子和舌頭
支解她的身體破壞她的念頭

她始終活著。
他們說那不是無上奧秘

她必須用鋼的膝蓋
流下鐵的眼淚
以求到達死亡

❋ 歐團圓作品 ❋

....

◎作者簡介

　　歐團圓，澎湖人，目前為台北市大直高中國文科教師，詩作尚未結集出版。

　　（二○○五年六月首次參加行動讀詩會）

空中餐廳／2005-06-25

空中餐廳
適合俯瞰
無聲的雨跌落莽莽屋脊
遠方的河流漫漶無跡
明日你將擁有足夠的勇氣
但今夜必須忍受孤寂

這城市人們太規矩
除了肉體
不必與人發生關係
至於愛情
你用力從冰凍的喉結滑出語言
細長瑩白的指關節冒出青煙

說到愛情
你俯首嚼一盤生菜沙拉
又喝一壺錫蘭紅茶
空中餐廳
適合你的品味
慾望只在酒窖私藏
明日你將擁有足夠的財富
而今夜只能盡情憂傷

❋ 巫時作品 ❋

. . . .

◎作者簡介

巫時，巫婆的巫，時間的時。正確讀音為無實。

（二〇〇五年十月首次參加行動讀詩會）

我又遇見阿杜司機／2006-11-18

我又遇見阿杜司機
他依然有著沙啞的磁性
冷若金屬的浮生
都給吸附在一起
緊緊結合成一種藍調

城市一如往常
既不哀傷，也不熱情
偶有極輕的小雨
而又不致令人生鏽
司機從不闔上眼睛
將天黑自車內隔離

望向窗外
微弱光線像河流漫進
伴隨迷濛的嗓音
記憶的碎片開始拼湊撥放
許多人以為那就是死。於是就
死了很久
才又站起來

沒有再見／2007-02-10

那麼在厭離之後
有人撫摸著下巴
等待吐司差一點烤焦的時刻
直到他吃完夜色漆黑
仍聽不見任何道別的聲響

軸心／2007-01-27

始終無法抵抗這些
事件的發生，影子
從來不發出聲音
彷彿只是為遊行而遊行

在房間裡，開始緩慢環繞
我轉動唱片，削了鉛筆
將捲過的海報紙
二次強暴
灰色的河馬絨毛緊貼我
捏了牠的臉頰
蓬鬆柔軟像剛出爐的
麵包其實也飽含著愛
把手掌，壓在牠的背上
關於「我在」的戳記
不斷覆蓋

燈光漸暗
沉默的同行者就要隱匿
我對準我們
透明的心
在冰冷潔淨的方格裡
緊緊貼平

字跡未乾

—— 《油漆未乾》讀後／2008-01-26

字跡未乾
還可以扭曲實情的時候
突然了解到了一件事：
我不可能愛你
就像你不可能愛我
一樣　好
我們扯平了

今天／2008-10-18

給我一間
昨日只有捲捲的邊
她吃下蘋果和菸
唱硬了半個音
關上眼
窗簾還是好脆

❀ 欣生作品 ❀

．．

◎作者簡介

　　欣生，本名張瑞欣，現就讀元智中國語文文學碩士班，曾在《乾坤詩刊》、《台灣詩學》及《笠詩刊》發表作品，在二〇〇七年榮獲教育部文藝創作獎優選，在2009年榮獲第四屆行動讀詩會年度詩獎。自築丁口藏詩閣：http：//blog.udn.com/0616，歡迎大家指教。

　　（二〇〇五年十二月首次參加行動讀詩會）

陰地房事／2006-07-22

雅典娜不曾喝過甜蜜的羹湯
鹹水滾騰著子宮潮濕
分成二截的苦瓜繼續死不相認
火焰正綁束將蒸發的典祭

燒起紫紅色的地毯
傳出了三次讚美

烏魚染紅了辣椒的滋味
蒜入口中的機關
蔥的迷香
顛到迷宮的幻影
薑要放大的黑色力量

石頭鍋子煮透味道
刀子分享竹竿的快感
閃滅不定的歌謠
繼續前進

上桌前的重量失衡
生食熱吃
不再飢餓的女神

貓不睡／2007-01-27

左邊的屋子跟右邊的屋子
大小高低不一就連地震強度也不同

那口深井外面的磚頭
龜裂程度有秋夏之交那樣複雜

試圖添補新的材料，好度過深冬
年久失修卻是火添油，好了！好了！

失火的花園被阿斯匹靈給鎮住
晚安曲在文字後失蹤，2：45
另一隻貓誕生在愛的小屋開始鬥法
閉幕式，4：05

因為　風的緣故 ／2007-03-24

淅瀝的雨聲穿過幸福鞦韆
粉色的夢境轉彎到十字路口
遲疑，

在冰冷寧靜的水晶宮
導引著聖母的溫暖
需不需要點一杯熱拿鐵
藍色的憂鬱緩緩蒸發
因為風的緣故

貓沿著路線不斷打轉
樹的陰影襯出飄零的滋味
寂寞的愛被列為一種愛
沒計時的空間
盲目尋找獵物

轉角的情書未到達
只因為風的緣故
呼喚芳心！

註：2007年3月讀詩會指定詩題，洛夫作品：〈因為風的緣故〉。

寫字

——記於爾雅書房／2008-03-29

「任時間流失為空白，不如將等待化為
填字遊戲。」

就是差一點
被機車偷走剛放晴的情書
被小狗咬住塗滿巧克力裙邊

或許，詩的帝國
門牌總是不按規律
不需過問時間及空間
是否與十字繡相仿

第幾個位子有她的味道
女人、男人、小孩非詩人條件
臨時起義是向文字搗蛋
時間、地點、人物只是陽光下或雨季
落下某一點，——遷入筆記本定居

另類童話／<small>2008-12-20</small>

毒蘋果是男人外遇的冷箭

✳ 藍棠作品 ✳

◎作者簡介

藍棠、康康，本名康逸藍。

我是在淡水小鎮出生，一個喜歡土味的人。從小，我就常和玩伴滿山遍野跑；我們愛玩、愛鬧，更愛幻想。長大後先當國中老師，除了課本裡的知識，也喜歡教一些課本裡沒有的東西，來啓發同學的想像力。

後來我write故事，現在如果有填表格的機會，我都會在職業欄填上「自由業」，意思是「自由自在說故事給小朋友聽的職業」。

（二〇〇六年二月首次參加行動讀詩會）

閱讀老磚牆／2006-03-18

向自己預約一個陽光也悠閒的黃昏
拜訪一面老磚牆，老磚牆用藤蔓寫故事
且不斷拿光線和雨水修潤
儘管他的書寫文字還是
象形文，但他堅持內容是絕對地
嘔心瀝血

他說即使忠孝節義已然沒有票房
還是讓我把詩的微言大義，委婉道來
老藤新葉無不化為廣長舌，宣說
詩的春秋紀事
只待知音的路人佇足
然而路人總是匆忙，以餘光瀏覽
連楔子都未能參透
當然我，還是一個章節一個章節
書寫，我的跋
將在倒下的那一刻完成

於是你，晒著悠閒的陽光
踱進老磚牆的歲月，磨蹭再磨蹭
那泛黃的冊頁捆在糾結的枯藤裡
你打開扉頁，歷史煙塵彈起被遺忘的古調
你聆聽你唱和你讚嘆
你在斑剝處寫下眉批，而讚嘆掉落

人行道上，在路人匆匆的步履間
迴響　　迴響　　迴響……

這個黃昏的陽光突然有了重量

今天這款心情／006-12-23

　　今天這款心情該品哪款茶？瓶瓶罐罐羅列，各自密封著什麼樣的原鄉密碼？有沒有我懷想的土香？有沒有被露珠擁抱過、被晨曦親吻過？捥青的手不會是村姑的吧！村姑過時陸羽彌新，茶經與茶道隔著時空相濡，氤氳纖纖玉手裡。一盞東方美人展顏，酩酊若秋天的黃昏。

　　今天這款心情該聽哪款歌？卡帶CD天梯似的堆堆疊疊，歌手的靈魂惺忪等待釋放。窗外藍天佩帶幾朵白雲，經風逗弄鋪陳慵懶，踥蹀老歌的悠乎調。駕著古老音符飛奔回憶的驛站，尋訪驛站的歌手，音容笑貌仍留連。記憶氣球飇起年少花絮：繽紛與幻滅玄起玄落，隨著恍若隔世的熟悉。

　　今天這款心情該讀哪款書？以簡冊為牆丈量書卷氛圍，典藏的繆思森然，趿著芒鞋攀過崢嶸巒峰。當孔夫子遇到蘇格拉底，口水潰堤後諄諄大河漫溢千秋萬世；這廂莎士比亞走入仲夏夜亂點鴛鴦譜，那廂曹雪芹築起大觀園搬演情幻錄。生有涯，智無邊，就西窗下研磨一帖莊子的裝瘋賣傻吧！

尾句單吊的詩／2007-05-26

1 報紙印象

尷尬俯仰天地之間。原該無色無味，如鏡子般映出社會
真真實實的面相，提煉公理正義；

卻被顏色分門別類，塗紅抹黑，非藍即綠；雖然都是
白紙黑字，卻在色塊鬥爭之中，染成癲痢；

據說是一個島在沉淪前，自相殘殺的壞色

2 說明書說明什麼？

這一種很難讀通的書，總是小小一本，多為摺疊式。
特色是印有多國文字，文圖並茂；看著它操作手邊的
用品，每每氣死半條命——多國文字無助於我的理解。

附說明書的東西，都讓我頭痛。它說明了：你是

笨蛋！

3 贈品

為了一隻毛茸茸的玩偶，多辦一張信用卡
為了一個可愛的小包包，買一組昂貴的保養品
為了一對漂亮的咖啡杯，訂一張大而無當的按摩椅

贈品的魅誘指數，永遠強過商品

4 影印機

不該頌讚它比上帝還神，它不停印出來，我昨日的
心情，前日的心情……以及無數個昨日的前日的
臉龐

直到，一張白紙落地

5 陀螺

小時候，並非玩陀螺的高手。長大後，卻成為陀螺達人，
把自己玩成陀螺。時間是那條纏繞的繩，一隻叫做忙碌的
手一甩，我就轉啊轉個不停。一次又一次，時間之繩纏我
我甘之如飴，以為這就是充實的

人生

勻自你右側臉頰的月光／2008-06-28

那一頁筆記始終不肯闔上，多年多年以前
你沐浴月光，走出蜿蜿蜒蜒一條銀色小徑
像詩篇，還熠耀閃幾個
關鍵字，而
滑鼠總會不經意點觸

多年多年以前一個月夜，靜默陪你
篩落月光的小徑樹影搖曳
我們有如熟悉的陌生人，各自數著步伐
聆聽蟲鳴以外
風的行吟

我讀著月光月光讀著你
那光芒眷顧的你的臉龐
側影如偉岸的斷崖稜線，讓
詩句的落點剔透

你一定不知道，多年多年以前一個
月夜，我偷了一片月光
自你右側臉頰勻來

日日月月，筆記本重複迴光返照
反芻那片月光，銀色小徑被滑鼠夯實
詩句兀自摩娑生活
成一頁不肯闔眼的筆記，擱淺在
回憶錄的封面

對峙／2008-07-26

兩山對峙，旗幟飄飄

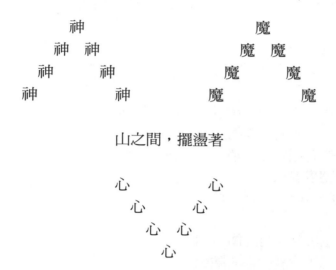

　　神　　　　　　　　　魔
　神　神　　　　　　　魔　魔
神　　神　　　　　魔　　　魔
神　　　神　　　魔　　　　魔

山之間，擺盪著

　　心　　　　心
　　心　　心
　　心　心
　　心

✿ 馮瑀珊作品 ✿

. . . .

◎作者簡介

　　馮瑀珊，一九八二年出生，成長皆於台北，得過幾個小獎。二〇〇九年出版小說集《女身上帝》；寫作是為了尋找更輕盈自在的生活方式。

　　迷瑀──http：//www.wretch.cc/blog/fys

　　（二〇〇六年十一月首次參加行動讀詩會）

花間集／2006-12-23

　　在薰衣草間醒來，習慣性愛撫皮膚上紫色花影。每天一個問題：「茱萸的香味？」她不叫比爾，卻每天被追殺，不同的樣貌在花間流竄，前天美麗今天赤裸明天恐懼後天復古名叫時間。

　　不同的樣貌在花間流竄，桃紅橢圓白色大圓黃綠各半名叫藥物。每天一個問題：「昨天的問題是？」她未識綺羅，托媒自傷，強迫討厭左手背的鈕釦。

　　強迫討厭左手背的鈕釦有時像眼睛，怔怔地睜睜看事件發生，束手，無策；誤會詩裡的存在空間。對著安東尼奧聖像禱告，右手手指收集的眼淚燒凝玫瑰念珠。

　　玫瑰念珠正在指尖融化，為了流淚成型；精準聖經隱喻。總像刺青，郁郁地鬱鬱繡在靈魂排水孔，上下，交相賊。忘了生活，就是極大的問題。重複問題：「花間幾壺酒？調寄蝶戀花。」

因為　風的緣故 /2007-03-24

猶記，前世
我在陽光下做著飛翔的夢
舒枝展葉振起蝶般的
瓣
：「仍有些單薄。」
捲起一頁厚過一頁
的心事

（兒女情長如此——）

縱然遲到
縱然遲到在筆記本末行
落款只謄一字，且
　　　　　　　沒有人告知我，這是——
　　　　　　　　　　因為　風的緣故。

如今前晨種種已不復鮮明
漲滿兩頰紅豔的呼息
獨身定居異鄉

（——我在陽光下做著飛翔的夢如此兒女情長。）

霧化視覺或是聽覺
輪迴之後再度脫穎而出
記得與否並不重要，遺忘

也不太長
留在上回淚水攀升別字過多以及言不由衷

藏好畢生希望
我是蒲公英的髮絲
隨時都可以飄揚——
　　　　　　　因為　　風的緣故。

註：2007年3月讀詩會指定詩題，洛夫作品：〈因為風的緣故〉。

我是轉嫁的／2007-10-13

譬如命運，以及
唇瓣與鎖骨的旖旎
頻頻善誘

緊扣虛幻與實境的分野
或游移或曖昧，或
蛇莓盤行、陰謀般長成我們交纏底處的絨毛
靈魂的刺青隱隱發疼，且
啟示地流血

我曾斷穿輪迴輾轉嫁給你；這輩子
越過風的迤邐，揚長
水的窈窕
婉約於眼神的流動

雨橫風狂只歎可惜，可惜不是
三月向晚
花蕊染黃整個暮春的容顏
繾綣著淺淺桃紅
眉緣寫上前世的頁碼，循此而來
我是轉嫁的

腹語術／2007-11-24

——也許多年哪多年後
　你才會清晰地明瞭紮根在我臉頰的哀悽
　獨白仍舊栩栩，音容宛在

（：越過光……
　背著海的氣息背對海的悲傷）

長髮纏繞成玫瑰的刺
痛已癒合，攤開一杯月光的眼淚
曬乾
狠狠燃燒過的唇緣

你忠實的吻從不辨明謊言與否，獨舞
歇斯底里的芭蕾
悄悄降落、窺探
且切割交融的濃度
語意的深淵兀自在舌尖無以名狀

萌發情緒的挑逗——
沸騰地翻滾，起起伏伏
熔化又凝固熔化又
凝固水面下的沸沸揚揚

人間尚且，緩緩游移
我不留你我不留，你我
只在自己的詩裡留你。

橄欖樹 ／2008-09-20

你的鞋還佇在床邊
房間充滿烈燄、吞蝕回憶
舊相片，就像
就向你來時路上狂捲而來的泥濘
下一次；再一次失火

　　　　　　　　倒臥寂靜
　　　　　　　　　　於我
　　　　　　　　於生日快樂
　　　　　　　慣性排演的衝動

活著多麼累
淚是冰庫底層的味道
類似一朵沒有正確解答的誓言
我把自己挺成一棵橄欖樹

你的鞋還睡在床底
房間水滿為患、浸泡月光
舊相框，就向
就像你去時路上餘悸猶存的灰燼
那一次；這一次沉沒

　　　　　　　　即興倒臥
　　　　　　　　　不關門
　　　　　　　　非請勿入
　　　　　　　排演慣性的衝動

你的外套還在門口乞求
溫度，轉述二月的
雪難；溼度的愛情

❀ 良作品 ❀

· ·

◎作者簡介

　　本名梁心怡。從小就討厭刃偏旁一點的模稜兩可，固執地糾正國文老師加上一點的怪小孩。

　　良，國中時依諧音更改的暱稱。從此鄙棄難以寫漂亮的梁字，光明正大開始偽裝的逃亡之旅。

　　還有許多標籤，你，懂我了沒有？

　　（二〇〇六年十二月首次參加行動讀詩會）

無人甲阮共台語／2007-01-27

無人甲阮共台語
病院裡有兩種聲音下降
身邊一個囡仔問：「他在說什麼啊？」
阮無出聲
心底恬著嚘搭丟幾班捷運
甲也塞丟咱的中正紀念堂

繞著數字停停落落
阿爸的輪椅縮在阮的口袋
一口痰也吐
不出
走不出冊本的歷史
流民和同志都留在228公園
看！電視裡鬧鬼
從古井爬出一隻隻大頭蟲：「這就是愛台灣！」
先生問：「what happened?」
阮無出聲
賣吘人知影阿爸的鄉音
一句詔令攏聽無

先生甲醫生talk
阮看電視嗽
不知是阿爸聾啞嚴重
阿是醫生甲阮共
嚘記著呷藥

阮看著龍袍的線頭
不知是阮阿是阿爸阿是先生呷
阿是伊呷一嘴米國candy
做伙來呷

阮是阿捒學台語的
無人甲阮共台語

蛙／2007-02-10

太多色彩
終成一夜漆黑

我不過是口沉默的井
懷中解渴了世界
咽喉僅一水桶之

噓。

幽靈／2007-09-15

我
依然存在

請說 ／2007-10-13

請告訴我海草枯爛的秘密
在每顆星子間航行的眼神
有誰的倒影？

請告訴我草原斜躺的耳語
當草含羞閉眸之瞬
又誰鼓譟一首楚謠山歌？

而我不能假裝我是睡的
只因蛇莓盤行上臉
如你不能假裝你是醒著
果子熟了

貪舌／<small>2008-05-31</small>

依然不懂疾病為何：
咳嗽，無痰。擠眼，刀光。

一隻蒼蠅穿越　　　凸
　　　　　　　凹　　間有回聲

兩隻蚊子企圖猥褻於現場
（噓，我是無知且冷感的莓妹）

你來，耳孔流淌她們的吟水
臉目潮紅似乎想要OOO或XXX
不只一種知識

喔，她（他）們都說你是持久且流行的冠軍
一天可以∞還大方放送送送也不嫌累

你你你你　粗暴花心總自傲那根又大又強
伸縮自如的天線
歪
　　了
　　　歪
　　　　了

旁敲45度最好
微妙雜訊

吸滴　ㄋㄅㄟ草莓卻Ｉ開墾莓田
再
慢慢咬爛　吸滴

ㄊ說偶最Ｉㄅ是棒棒堂ㄅ王子
ㄨ悶都吸草莓長大　吸滴

吸滴　ㄊＩㄅ是ㄋㄅ$＋ㄅ＋ㄅ沒騙ㄋ啦

吸滴

吸滴
吸滴喝滴都不會夠的

我想你是真的餓了

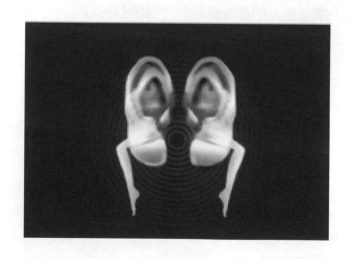

❋ 劉碧玲作品 ❋

. . . .

◎作者簡介

　　有人警告我，不准我再扛著「家庭主婦」四個字招搖撞騙。就換個詞介紹自己吧。

　　寫詩時是最悶痛的人；寫童話時是最愉快的人；寫小說時是最荒謬的人。在詩、童話與小說的世界裡遊走，忘了一切一切的那個人，就是我。

　　（二〇〇七年一月首次參加行動讀詩會）

文字幽靈 / 2007-09-15

認出我　　讀出我　　寫出我
我已不是我
火成煙灰
依然
認出我　　讀出我　　寫出我
我還是我

沙土與樹枝間
初次遇見歐陽修
竹簡到紙
是蔡倫搬的家
時間迴廊裡飄移
空間走道上遊盪
最終被囚禁在螢幕
成了千年萬年不死的
文字幽靈

忘了與不知／2008-01-26

忘了皮膚喝水會起皺紋
不知自己老
忘了水灑花苞會開花
不知開成花的正是你
忘了時間河是流動
不知嬰兒會長成小孩小孩會長成大人
忘了輪迴定義是大人變成小孩小孩回歸嬰兒
不知走路得讓你牽我不再我牽你
忘了我忘了告訴你我愛你
不知一日又一日重複著我愛你
全是因為我
忘了和不知

請別告訴我 /2008-04-26

青菜魚肉米飯和麵條
餐桌是我的調色盤

二株小樹
一朵玫瑰
一竿時多時少的衣物
陽台擺設太陽的祭品

領著我的掃把
巡視領土
驅趕偷渡客

總是在圓點上
相遇分離重逢再見
長針短針
一如我不停止的手與腳

時間拉住圓不再旋轉
這時
請別告訴我
幸福只是暫借
虛無才是永恆

處方箋／2008-05-31

唉唷
心涼到被風吹
唉唷
人胖到衣櫃裡都是童裝
唉唷
胸口悶到聖母峰攻頂成功
唉唷
芭樂硬到牙齒變軟
唉唷
肚子脹到汽水工廠來買氣

處方箋
病人：詩人
病名：無病呻吟
藥名：無藥可醫
價錢：另議

搖擺不定／2008-10-18

全部自由都不要
輕了點
加上兩滴淚水
重回來
或者拋掉大部分快樂可以輕了點
但是加上一些委屈又重回來
重量在不一樣的一樣中慢慢流失
不一樣和一樣等重
空了的天平出走在
重與輕
不平衡搖晃平衡
從此的從此
因為有你
我的人生天平
搖擺不定

❀ 陳弦希作品 ❀

. . . .

◎作者簡介

　　陳弦希，摸不透自己的人。

　　曾經以為詩是很單純的抒情小品，現在才知道，每首詩都是個小宇宙，每個宇宙都擁有無限廣闊的可能。感謝詩會給我的薰陶──一個想當小說家的插花者，陳弦希。

　　（二○○七年一月首次參加行動讀詩會）

男人有閒／2007-02-10

他按下娛樂新聞的開關，無視一旁的妙嫚身軀
他擦拭魚缸壁上的青苔，感不到腳邊的溫柔搓摩
他吸淨塵蟎堆砌的地毯，沒聽見耳郭外的深情喵嗚
於是
伸出利爪，撕裂那無風情的褲管
他總算惱得追起我尾巴來了

因為　風的緣故／2007-03-24

朦昧地徘徊在碧虛
每片豔光粼粼的虹田都是落腳處
　　但河堤翻攪我的弱芽
　　　　沙埂滾弄我的新根
來不及留駐
飄浮　因為風的緣故

終於　我塵定在茫茫的蒼原
晚春的碧綠喚醒閒花野草
淡芳幽香招來蟲蟾蛇鼠
覷覤　因為風的緣故

但
我竊竊將根系盤盤入澄源水流
　　奮奮任檗枝茂茂向藍空白雲
即使花草崢嶸欲掩
即使蛇蟾小蟲翻天

讓紅瘡轉成昨日的淡疤
在撕裂雲朵的暴風中茁壯
我
歡享地平線的清涼
樂受新視野的馨香
成長　因為風的緣故

註：2007年3月讀詩會指定詩題，洛夫作品：〈因為風的緣故〉。

好久不見／2007-06-16

竹林牽引碧波往春野閒蕩
那自墨色竹節長出的幽深啊
化為老木船凸鼓肚子
搖向城市　你在的地方

浪花遺失點燃河燈的火苗
黯中窺視一盞盞迷茫
仍奮奮逆水　探鵝卵石缺縫
尋拾記憶的繩
末端
纏成小球結
淡藍星光下　緊束住枯黃的人造花

橙光於是灌醉堤防
獨滾在一疊疊白帽頂上
頂邊滿是搖頭的蒼芒
守著花兒
　吟唱青春草之歌
卻　行到收埋無主屍骨的崗
因而　不成調

流波烙刻下船哭過的痕跡
　　冥河擦拭成墨
終由得荒謬寒暄　一個又一個渡口
依舊哼著　一闋
從此
啊　從此

看見了傷／2007-10-13

膨脹而瀕臨崩潰的表面
渺小的寄居者
　一點　一雙　一群
鬧攘攘地滿成片

忘卻了恩澤
曾經飄揚的青羽
以蔓延的慾火踐踏入肌膚最鮮嫩處
搗住川流的琉璃音符
貪婪地剖開守護的膜
鑽至底層　吸食
芬芳且脆弱的精華

純淨的碧藍絲線不再縈繞
繪織成的四季大衣
環節一圈圈崩解
裸露出骨骸
小蟲子盲目依舊
看不見啟示地流血

直到傷口碎裂　鏽久成瘡
黃膿斑駁了羽翅
朽蠹藏身的軀體無力抵抗
沒來由的　我落淚
而等待癒合的傷　始終緘默

寫詩的魚 ╱2007-12-29

吞下海潮的鹹香氣息
捧起沙　乾枯的
是一缸破碎的黃色鵝卵石
魚的心
遺留在沒有邊際的藍色天堂
陸上　剩下軀體
繫於沒有貝的殼旁邊

數著一粒粒氣泡
升起　消失
偶爾嚥入　幾許空虛
打個嗝　又離去
繼續唸出一頁頁的數字

應汎　該游
浮上有蓋的玻璃缸水面
濺起聲聲花朵
沒有力量掀起
只讓呼喊溢出
穿越透明的牆
飛上天化身拖尾巴的星星
等著墜落
等著在筆記紙的折縫裡
烙成詩

✿ 詠墨作品 ✿

◎作者簡介

　　吳宣瑩，現就讀台北醫學大學呼吸治療學系三年級。曾獲台積電青少年文學獎、X19全球華文詩獎、全國學生文學獎等，目前是風球詩雜誌編輯群之一。主持有部落格：〈Le miroir de l ame.雙人鋸齒〉http：//www.wretch.cc/blog/ebolaangel

（二〇〇七年三月首次參加行動讀詩會）

木頭人／2007-04-28

一二三……
多半是這樣
霧氣在高高立起的窗外流動
虛線隔著虛線
數算從樹上落下的燕尾。偶爾
時間也偏好走得比平常快些
三、二、一
。

能不能就這樣，不要動
讓我再多給你一點
再久一些

天橋／2008-06-28

拾級而上
比天梯更險之橋，兩岸
鷹架與肩同高
咻然風聲裡仍有許多等候者
為早已改道的公車固守
原處，陸地一點一點淹沒
飛鳥破胸而出

我不知道的過去
你為什麼憂慮
當我遠居北海，日夜
欲跋涉至你的窗下而未果
或許你渴求的正是
這樣一種接近，低下頭
啊羅布眼前是人間
無數蒙塵的燈火

這些燈火如今仍高秉
在我手中，照亮迎面
一個又一個
自記憶陰暗處莽撞奔來
與你模樣相仿的少年
但你是不再來的
浮煙熏目，唯

曾經一起站立其下的墨綠雕花小窗
仍一筆一劃全神勾勒著
時間的紋絡

怔忡／2008-09-20

自牆的另一面湧來，像水鳥
鼓翼而成風
金色的十月木麻樹蔭下，波濤
交錯蓋過滿目裸露的岩濱
蓋過你自己
那麼你將會想起什麼，幾次
不曾再去追悔的沉陷
都已經用新的方式被填平了
此刻你伏案於此
在集中的辨證裡省識
反覆的行止，是什麼
在你的洞見中應聲跌落

會不會那就是你
久違，卻仍舊足以辨識的另一個自己
當你划動思想的小船前往遠方
看見逆行的風景，瞬息萬變的
結構與紋理
看見時間，時間的槳推著你向前走去
一直走去
變成過去自己不是的那個人

不斷湧來
這其中，必然有什麼
曾經你以為能夠消弭

你默默感應
潮水若有所思的觸覺及呼吸
一把安靜的刀輕輕掠過
像細緻沉靜的光影掠過了
掠過又回來

✿ 方月作品 ✿

◎作者簡介

　　本名陳月芳，年齡已逾花甲，老嫗一個。

　　尚有幸認識林煥彰老師，引領我踏入這行動讀詩會。真是感恩哦！

　　進入這深奧的文學殿堂，並承蒙多位傑出優秀的年輕人，願意開啓我荒漠的心靈之窗，嘗試挑戰這迷人的樂章；除了幸運就是滿心歡喜的一鞠躬。謝謝！

　　（二〇〇七年六月首次參加行動讀詩會）

四賤客／2007-09-15

1.謊鈦
蓮花蛇咬著狐狸尾幻化一道彩虹
妖嬈的在山谷裡擺「泡屍（pose）」，
希望迷惑森林可以延緒命脈直到千年萬年

2.禽屎蝗
屎蝗蟲吸吮著人民的血漬
搭一座奈米銅牆
隱藏
不能見光的
二千年後
變成最佳觀光勝地

3.悍羔豬
痞子挾著流氓
衝鋒陷陣
洗劫所有的公廁
邀聚東方豬公
擺上慶功宴
大噬品嘗

4.嘆瞑隍
美麗抵不過權力
情場拗不過戰場
陽世躲不過城隍

人算總不如天算
花棺彩木量人斗
最後只剩半領蓆

野薑花／2007-10-13

西風吹起一層黃沙
灑落一溪的流螢
點點滴滴，閃入夢中
往事芳菲激盪
背影依然優雅
回眸一瞥

塵封的歲月
蛇莓盤行穿透心窩
活力迸裂生命，陷落青春
永恆是遊戲的彩筆
不變的是，人性

野薑花，倒影在潺潺的流水中啜泣
潔白無暇　也是一種錯誤
花魂在歷史長河中化為泡沫澱沉
扭轉不回踏過的苔痕
雨後的印記只剩嗚咽
叁星　其薇　落花　流水
春去也

罌粟花／2008-01-26

滿山雲霧籠罩著氤氳
山坳裡的迷魂香　放射著魅力
紅　白　紫　層層疊疊一望無際迎風搖曳
妖嬈的媚態　吸引群魔亂舞
緞面的綠　佈滿鉅齒　吐露邪淫
任督二脈源源湧出乳白的誘惑
飽蘊貪婪的蛇鋪天蓋地捲起翻滾的硝煙
撲散於　山巔　畦地　凹溝
跕　吞入淌流的蜜鍋

朝陽升起　迸幻出一道龍柱
激吻華麗的精靈　吐出寒光
銳利切割　狐眼戾耳的　冰心
埋進　血窖

爾雅美食坊／2008-03-29

——林煥彰老師新書發表會

1 曾經摸黑穿街過巷
　　爾今睜眼找不到方向
　　陌生的叢林
　　是歲月洗滌了記憶
　　還是時空改造了桑田
　　尋尋覓覓
　　心靈饗宴
　　隱　藏在光塵裡

2 冷風幫我敲門
　　溫暖的笑聲
　　促使我踏入文學美食的殿堂
　　打開心扉
　　聆聽妙齡魚的歌唱
　　悸動的天籟

3 翅膀釋出芳香
　　讓我垂涎　忘掉煩惱
　　可口的醉粥細細品嘗
　　裝雨水的老甕溢出溫馨
　　填滿饑渴的孤兒

4 煮一壺甜蜜的茶
　在冬日裡留幾口
　給等待位子的人

5 圓滾滾的龜卵
　引貓偷窺
　缺席的失去機會
　這是稱心的下午茶
　吸收美感和雅緻的點心
　難得的享受
　把它帶回家吧！

太可惜／2008-04-26

能源漲得比潮水快
時機又歹歹
太可惜　怎麼賽

白天　黑夜　不斷
向左看　向右看
大街小巷隨轉　眼花撩亂
長途短程皆讚
飲食　方便　沒辦
口袋空空腦脹
牌照　燃料　照算

走不動　提太重　舉手就送
搭火車　趕飛機　赴約會　一通電話就ＯＫ
濺血　疼肚　醉酒　要載
孤山野外　墳阿埔嘛愛

警察取締　罰單不禁
方向盤抓緊　不可與人相親
驚恐心血碎盡

蠅頭小錢　要賺難閒
養家餬口　本份謹守
職卑業微　何其傷悲
求安存生　唯有修身

❋ 林林作品 ❋

．．

◎作者簡介

　　本名林素幸，台灣屏東人。

　　目前半退休狀態。

　　致力於非營利組織的運作與發展。

　　居住鄰近陽明山國家公園，看山看海，聽鳥鳴風聲，蒔花
　種菜，生活不亦樂乎。

　　（二〇〇八年三月首次參加行動讀詩會）

家管／2008-04-26

終其一生
管著家
但不是管家

老人癡呆／2008-05-31

遺落　的
心

找不到

回家　的
路

思念／2008-06-28

想你的夜晚
我用珍珠的淚
織一張相思的網
請月亮
寄給你

夫妻冷戰／2008-07-26

床，一個人。

百合花／2008-05-18

夜晚
百合花
從瓶中出走
在我的耳邊廝磨
散發出迷人的芬芳

卷三

附錄　行動讀詩會史料

行動讀詩會重要紀事

/馬 修

＊2003年9月27日下午

　　行動讀詩會第一次聚會，在台北市西門町「紅樓」舉行；由水月發起並擔任聯繫工作，邀請詩人林煥彰擔任義務指導老師，每月一次例會，由他主持討論與會詩友詩作。

＊2003年11月

　　水月因故無法繼續參加，改由曾念、廖麗華、馬修共同擔任聯絡人。例會會場改在「文藝協會詩歌舖子」或「紫藤廬」進行。

＊2004年3月

　　廖麗華因故無法繼續參加，改由曾念、馬修共同擔任聯絡人。

＊2004年8月28日

　　本次聚會地點在林老師位於九份的工作室「半半樓」（2008.10.31起改為「半半樓人文藝術空間」），與山與海一起讀詩。

＊2004年9月18日

　　行動讀詩會屆滿一年，林老師宣布設立「行動讀詩會年度詩獎」，以每月例會票選前三名詩作做為「年度詩獎」候選作品，由林老師邀請詩壇名家三位擔任義務評選委員，從中選出

三首（不分名次）為該年度詩獎作品，並由林老師提供自己的畫作當做獎牌。

＊2005年2月19日

聚會地點改在松山「錫園生活養生館」，此係為該館負責人龐心蘭小姐無償提供場地，並供應點心飲品。

＊2006年1月21日

第一屆行動讀詩會年度詩獎評選委員：向明、魯蛟、落蒂；得獎作品：歐團圓〈童年之歌〉、蘇家立〈教師日誌〉、莫傑〈稻草人〉。獎牌係林老師製作撕貼畫並節錄得獎作品詩句。頒獎典禮利用乾坤詩刊社九週年社慶茶會中舉行，地點在「文藝協會詩歌舖子」。

＊2006年10月21日

本次聚會地點在詩人方明詩屋「聚詩軒」進行，席間有詩人方明、落蒂、林明昌教授列席指導。

＊2006年11月25日

為迎接新年度，林老師提出「閱讀大師」，每次例會增加選讀一首名家詩作，並進行討論，藉以向大師學習，希望對詩友們有更大的助益。

＊2007年2月10日

第二屆行動讀詩會年度詩獎評選委員：落蒂、許水富、方明；得獎作品：康康〈滋味〉、莫傑〈土石流〉、巫時〈行事曆〉。第二屆行動讀詩會年度詩獎頒獎典禮，與乾坤詩刊社十

週年暨乾坤詩叢（14冊）新書發表茶會、乾坤詩獎頒獎，同時舉行；頒贈獎牌是林老師的瓷畫盤，加上節錄得獎作品詩句。地點在「文藝協會詩歌舖子」。

＊2007年12月29日

　　本次聚會地點在詩人方明詩屋「聚詩軒」進行，席間有詩人落蒂、大蒙等列席指導。

＊2008年1月26日

　　第三屆行動讀詩會年度詩獎頒獎典禮、讀詩會及林老師詩集《翅膀的煩惱》（爾雅版）、康康（藍棠）老師新書發表會，同時在淡水獨立書店「有河book」舉行。本屆詩獎評選委員：落蒂、林明昌、大蒙；得獎作品：馮瑀珊〈嗟，十二行〉、巫時〈幽靈的海〉、馬修〈歌謠〉；獎牌是林老師的撕貼畫加上節錄得獎作品詩句。

＊2008年2-4月

　　林老師前往香港擔任香港大學駐校作家，暫由康康老師與莫傑共同主持二、三、四月例行詩會。

＊2008年10月18日

　　本月起，因詩人阿鈍引介，秀威資訊科技公司總經理宋政坤先生熱心支持，提供位在台北市松江路「國家書店」二樓藝文空間，做為行動讀詩會定期聚會場所，並免費供應茶和咖啡。

＊2009年2月28日

　　第四屆行動讀詩會年度詩獎頒獎典禮，在國家書店藝文

空間舉行，會中由林老師敦聘秀威資訊科技公司宋總經理政坤先生為本會榮譽顧問，並致贈聘書。本屆詩獎評委：落蒂、阿鈍、金泰成（韓國詩人、翻譯家）；得獎作品：馬修〈去哪裡〉、詠墨〈淡水〉、欣生〈青春〉。獎牌是林老師的線畫加上節錄得獎作品詩句。

＊2009年10月初

　　行動讀詩會專用標誌由良設計完成，並首度使用在《詩・行動》詩選集封面。

＊2009年11月30日

　　行動讀詩會第一本詩選集《詩・行動》，由林老師策劃，馬修執行主編，秀威資訊科技公司印行。

讀詩、寫詩、談詩

—— 行動讀詩會

／康　康

從「粉」詩的下午談起

・時間：2008.01.26
・地點：淡水有河book書屋
・活動主題：「粉」詩的下午

　　把冷風拋在背後，拾級而上，充滿書香且氣氛溫馨的有河book已經人頭攢動，因為這個下午將有一場「三合一」的詩活動：林煥彰先生（以下簡稱林老師）的新書發表會、行動讀詩會年度詩獎頒獎典禮、行動讀詩會例行讀詩聚會。

　　做為行動讀詩會的靈魂人物，林老師最近出版三本詩集（分別為童詩集《花和蝴蝶》、《夢的眼睛》和現代詩集《翅膀的煩惱》），在此舉行一個別開生面的新書發表會，對後進很有示範與鼓舞作用，也為以下的活動醞釀濃濃的詩味。與會者，除了讀詩會詩友外，還有遠道而來的韓國詩友金泰成教授、詩人落蒂先生、許水富先生、林文義先生、曾郁雯小姐、畫家徐瑞小姐、韓國研究生鄭美華等，以及在地雅好詩文的鄉親們。

　　發表會在輕鬆愉快的氣氛下進行著；不過本文以行動讀詩會為主，不多表述。值得一提的是，與會者都有機會

朗誦林老師的詩，有多位朋友把生平的第一次朗誦詩獻給林老師。

言歸正傳，這是行動讀詩會第三次的年度詩獎頒獎典禮，獎牌是林老師依得獎作品創作的撕貼畫，配上大氣的原木製作的畫框，很耀眼地擺在桌上。不知為什麼，我腦中掠過「垂涎三尺」這句成語。口水往肚裡吞，歡喜看著頒獎典禮；今年的評審之一落蒂先生親自來頒獎（另兩位評審：詩人大蒙、林明昌教授因事不克出席），得獎的詩友是：馬修、馮瑀珊、巫時，他們一整年在詩創作上面的琢磨，這一日得以開花結果。典禮完畢，我們進行每月一次的讀詩、談詩活動。淡水的暮色在詩語窸窣中，悄悄降臨。

這樣一個「粉」詩的下午，其實是許多個讀詩的下午的延伸，它的源頭可以回溯到2003年9月……

行動讀詩會的緣起與發展

我是2006年才加入行動讀詩會，撰寫本文時，聯絡人馬修特別整理了相關資料，讓我對讀詩會的發展脈絡有了較多的認識。另外，我對讀詩會的緣起也產生興趣，於是特別請教「元老級」的莫傑有關行動讀詩會的緣起，據莫傑說：

「行動讀詩會的緣起算是一個因緣巧合吧。印象中，當初的發起人應該是詩友水月和曾念。當天曾念找我去紅樓，說是有個詩的聚會。據稱他們已徵詢林老師同意，每月一次義務帶領年輕人讀詩；還邀幾位前輩詩人參與，因

為他們也感到網路詩的普遍性，想要多了解網路世界，和
年輕一輩一起讀詩。最初水月提議，希望成立一個類似讀
詩會形式的詩社，同時請林老師提一個詩社名稱供大家選
擇；『行動』就是林老師提的，用意是要大家喜歡詩寫詩
要有『行動』的意志；而邀請前輩詩人參與，主要是想拉
近前輩詩人與現在網路詩壇的距離，可以有所交流跟互相
學習的機會。因為當時我跟曾念都在網路上寫詩貼詩，也
擔任『吹鼓吹詩論壇』版主。在那次聚會後，水月也在吹
鼓吹論壇上，申請了行動讀詩會的專屬版，供大家一個貼
作品與相互討論的園地。」

　　如此，2003年9月27日星期六下午，算是第一次的讀
詩會，地點在台北西門町紅樓。林老師與創始會員：水
月、曾念、莫傑、關雲、傅予等人有了初步的構想；聚會
的時間大致訂在每月第三或第四個週六下午。剛開始，由
水月負責聯繫每月聚會以及作品收集事項，在聚會尾聲議
定下次創作主題及時間、地點。

　　年輕詩人歡迎前輩詩人進入網路世界，想借讀詩會來
「拉近前輩詩人與現在網路詩壇朋友的距離，也可以有所
交流跟互相學習。」這種體貼的心意讓我相當感動；馳騁
在網路詩壇的年輕詩人，希望與還沒有進入網路世界的前
輩詩人，能夠互相交流學習，期許詩的世界可以更寬廣，
詩人的心靈可以更接近。這些年輕人真的有「行動力」，
說做就做，大家就同樣的主題發表詩作。一個月固定一個
星期六，一起討論彼此的作品。數年來，讀詩會的運作型
態也就延續了下來。

　　根據早期留言版上的內容看來，讀詩會原本叫做「行
動小社」，曾念向馬修建議是否可以改做「行動讀詩
會」，而文林認為「會」或「社」都不太好，希望再想想

其他名稱，但似乎沒有人能想出更理想的名稱，「行動讀詩會」就沿用下來。

對於讀詩會是否要組成較具規模的「社團形式」，莫傑說：「一開始也曾經討論過要組成社團形式，但因為還無具體共識，所以仍舊以讀詩會的自由形式運作。」很神奇的，這樣一個沒有具體組織的讀詩會，竟然邁入第五個年頭。

我剛開始加入，對「行動」兩個字有點疑惑，看了資料才知道當時就有人以為要自己演出自己詩的街頭「行動劇」；莫傑解釋說：「行動」是個名字，只要來用行動表達個人對詩的感覺跟看法就好，總之是以詩會友，大家就同個主題寫詩，並且互相發表看法。

由於行動讀詩會沒有嚴密的組織，也不對加入的人設門檻，所以只要對詩有興趣，願意提出詩作與大家分享者均可加入；但另一方面來說，也可能因個別因素而流失了人。從留言版上可知，當時有幾位年輕學子，因為學業、考試而缺席或「離席」，有的是因工作關係等等，不得不淡出。跟一般讀書會一樣，社團成員來來去去。初始的成員，林老師始終不離崗位，引領著大家，傅予老師、關雲大姊和莫傑為元老級人物。馬修每次都要將參加聚會者的名字放在留言版上，我統計一下，進進出出至少有三、四十人，目前比較固定的成員大約十多位。

行動讀詩會的詩友很幸福，因為有個「超級打雜員」馬修，舉凡作品的收集、列印，聚會地點的聯繫，甚至點飲料等，都由她做。更可貴的，今年初她自動將每位詩友的作品選錄，以典雅的宣紙列印出來，再做成手工書，每人贈送一本，是令人愛不釋手的詩集，值得珍藏。

切磋琢磨，擦出詩的火花

　　讀詩會一開始由水月負責聯繫、收集詩作等事務，她離開後，由曾念、馬修、廖麗華接棒，之後，曾念、廖麗華太忙，由馬修一個人挑起聯絡整個讀詩會的工作，一直到現在。初期大家用e-mail寄給馬修，由她印出，例會當天發給大家討論。後來規則訂為，在行動讀詩會的《明日報》新聞台上，個別匿名發表詩作，到聚會當天再一同討論，討論之後再揭示作者，作者再補充發表創作發想或表現的意圖。

　　莫傑說：「如此可避免討論時因知道作者而產生尷尬或人情壓力，也可以讓作者聽到詩友內心的直覺感受；真實而不偏頗的意見是最可貴的。當然，每個人的意見都不相同而彌足珍貴，更可做為作者下次創作的參考。每個月不同的主題式創作，也可以開展不同的創作空間。」

　　2004年10月邁入第二年，林老師為了鼓勵詩友們，提出「年度詩獎」評獎的構想，在會中宣布自2004年10月至2005年9月為第一個年度；每次票選前三名作品，在年度結束時彙集由林老師敦請詩壇名家義務評審，選出三名年度得獎者。至今已頒發三次「行動讀詩會年度詩獎」。得獎作品及評審評語，每屆都刊登在《乾坤詩刊》。（注1）此外，這些年當中，讀詩會的詩友也在各項詩獎中有所斬獲（注2），除了個人努力，讀詩會的切磋琢磨亦發揮作用吧！

　　2006年11月進入第四年，林老師建議「閱讀與分享大師的一首詩」，每次都讀一篇大師的作品，並進行討論，藉以向大師學習，希望對詩友們有所助益。一年多來，已

讀過十餘位大師作品（由詩友分別提供不同詩人的詩篇，這樣我們所讀的詩更多樣化）。有時，我們會以閱讀的篇名做為下次寫作的主題，或規定取其中某個句子鑲嵌入詩，這讓我們的創作增添一些變化與趣味。

每月一聚是很令人期待的事；詩友們有大小事也可在留言版上討論或分享，莫傑說：「近五年來讀詩會的活動能夠持續不輟的按月舉辦，林煥彰老師是其中最重要與令人敬佩的核心；除了出國，他再怎麼忙也沒缺席過。我個人曾經幾次因公無法參加，少了那樣的聚會，就像那個月少了一次與詩交談的時刻。雖然讀詩會的詩友總有來來去去，但一同讀詩並分享對詩的看法與感動，這樣『行動』的記憶，一定會在參加過的詩友腦中留下深刻的回憶。」

這也是每位行動讀詩會全體詩友的心聲吧！除了不可抗拒的理由，我可是把這一天當成重要的聚會時間，不輕易缺席。

行動讀詩會的門永遠敞開，只要對詩有興趣的朋友，隨時歡迎加入，所謂「心動不如行動」，套句廣告詞：JUST DO IT ！

注1：

　　行動讀詩會2005年度詩獎：歐團圓、莫傑、蘇家立

　　評審：向明先生、魯蛟先生、落蒂先生

　　獎牌：林煥彰老師撕貼畫

　　行動讀詩會2006年度詩獎：康逸藍、莫傑、巫時

　　評審：落蒂先生、方明先生、許水富先生

　　獎牌：林煥彰老師彩繪大瓷盤畫

　　行動讀詩會2007年度詩獎：馮瑀珊、巫時、馬修

　　評審：落蒂先生、方明先生、林明昌教授

　　獎牌：林煥彰老師撕貼畫

注2：

　　圓周角，榮獲「第一屆X19全球華文詩獎」首獎

　　莫問狂，榮獲「第二屆X19全球華文詩獎」佳作

　　巫時，榮獲「第三屆X19全球華文詩獎」優選

　　曾念，榮獲2004年全國優秀青年詩人獎

　　莫傑，榮獲2005年「乾坤詩獎」新詩第三名

　　莫傑，榮獲2006年全國優秀青年詩人獎

　　蕭吟薇，榮獲「2005全國台灣文學營創作獎」新詩組佳作及「第二十

　　五屆全國學生文學獎」散文組佳作、新詩組佳作

　　范家駿，榮獲「喜菡文學網第一屆新詩獎」

　　馮瑀珊，榮獲「喜菡文學網第一屆新詩獎」

　　蘇家立，榮獲「喜菡文學網第二屆新詩獎」佳作

　　康逸藍，榮獲「2006年香港詩網絡詩獎公開組優異獎」

　　欣生，榮獲2007年「教育部文藝創作獎」新詩組優選

　　詠墨，榮獲2007年「第二屆懷恩文學獎」學生組散文組優勝

編後記 ─────────────────○
感動與感謝
○───────────────────

　　對一個業餘的讀詩會來說，出版詩集是件很令人感動、興奮的事情。要把這種興奮的感動付諸行動，得靠無窮無盡的力量支持；這份長期支持的力量，在「行動讀詩會」裡，應該是來自義務指導的老師詩人林煥彰及全體參與的詩友們！

　　而最讓我們讀詩會全體成員由衷感激的，是2008年九月，在詩人阿鈍先生引介下，讓我們有機會親近一位值得尊敬的愛詩人，傑出的企業家、文化人秀威資訊科技公司宋總經理政坤先生，他主動無條件提供「國家書店」舒適的閱讀空間，讓我們定期聚會；至此我們不必再像波西米亞人，為每月一次讀詩會四處尋找會場而飄泊、流離；接著在今年又提供出版選集的機會。至於秀威出版部經理林世玲小姐，她在百忙之中，仍經常熱誠的主動提醒我編務該如何進行，使本詩選的編輯工作得以更順利完成。

　　對個人而言，我實在沒有編輯圖書的經驗，在此我也要特別感謝煥彰老師製造機會讓我學習，這樣的經驗很難得。在彙集稿件的過程中，也要先感謝兩位詩友：莫傑和白水的熱心協助；而對於每一位提供作品的詩友，他們的每一次回覆，不僅僅是提交作品，更有對於「行動讀詩會」無限支持的心意都盈滿其中。身為聯絡人，在每每接洽事務的過程中，總有收不完詩友們誠摯激勵的言語，除

了虛心接納無以回報。其實，在「行動讀詩會」裡，付出最多的還是從不缺席的煥彰老師，而我受益最多！

「行動讀詩會」自2003年九月成立，至今將屆滿六年，進進出出的詩友總計近三十位，分享許多燦爛耀眼的詩篇；很高興自己也羅列其中。在這個小小的團體裡，讀詩是唯一的要務，寫詩是給自己在「行動讀詩會」裡的一種成長紀錄；有幸我們把這六年來各自認為較滿意的部分作品彙集在一起，分享共同成長的美好紀錄！

最後，祝福大家，因為讀詩、寫詩，而使現實人生過得充實、更有意義，也更快樂。

馬修 2009.07.台中

國家圖書館出版品預行編目

詩‧行動：行動讀詩會五週年詩選集 / 馬修主
　　編. -- 一版. -- 臺北市：秀威資訊科技，
　2009 11
　　　　面；　公分. --（語言文學類；PG0268）

　　BOD版
　　ISBN 978-986-221-337-7（平裝）

　　831.86　　　　　　　　　　　　98019971

語言文學類　PG0268

詩‧行動
—— 行動讀詩會五週年詩選集

策　　　　劃 / 林煥彰
主　　　　編 / 馬　修
發　行　人 / 宋政坤
執　行　編　輯 / 胡珮蘭
圖　文　排　版 / 郭雅雯
封　面　設　計 / 陳佩蓉
數　位　轉　譯 / 徐真玉　沈裕閔
圖　書　銷　售 / 林怡君
法　律　顧　問 / 毛國樑　律師
出　版　印　製 / 秀威資訊科技股份有限公司
　　　　　　　台北市內湖區瑞光路583巷25號1樓
　　　　　　　電話：02-2657-9211　傳真：02-2657-9106
　　　　　　　E-mail：service@showwe.com.tw
經　　銷　　商 / 紅螞蟻圖書有限公司
　　　　　　　台北市內湖區舊宗路二段121巷28、32號4樓
　　　　　　　電話：02-2795-3656　傳真：02-2795-4100
　　　　　　　http://www.e-redant.com

2009 年 11 月　BOD 一版
定價：260 元

‧請尊重著作權‧
Copyright©2009 by Showwe Information Co.,Ltd.

讀 者 回 函 卡

感謝您購買本書，為提升服務品質，煩請填寫以下問卷，收到您的寶貴意見後，我們會仔細收藏記錄並回贈紀念品，謝謝！

1. 您購買的書名：＿＿＿＿＿＿＿＿＿＿＿＿＿＿＿＿＿

2. 您從何得知本書的消息？

　　□網路書店　　□部落格　　□資料庫搜尋　　□書訊　　□電子報　　□書店

　　□平面媒體　　□ 朋友推薦　　□網站推薦　□其他＿＿＿＿＿＿

3. 您對本書的評價：(請填代號　1.非常滿意 2.滿意 3.尚可 4.再改進)

　　封面設計＿＿＿　版面編排＿＿＿　內容＿＿＿　文/譯筆＿＿＿　價格＿＿＿

4. 讀完書後您覺得：

　　□很有收獲　　□有收獲　　□收獲不多　　□沒收獲

5. 您會推薦本書給朋友嗎？

　　□會　　□不會，為什麼？＿＿＿＿＿＿＿＿＿＿＿＿＿＿＿＿＿

6. 其他寶貴的意見：＿＿＿＿＿＿＿＿＿＿＿＿＿＿＿＿＿

＿＿＿＿＿＿＿＿＿＿＿＿＿＿＿＿＿＿＿＿＿＿＿＿

＿＿＿＿＿＿＿＿＿＿＿＿＿＿＿＿＿＿＿＿＿＿＿＿

＿＿＿＿＿＿＿＿＿＿＿＿＿＿＿＿＿＿＿＿＿＿＿＿

讀者基本資料

姓名：＿＿＿＿＿＿＿＿＿＿　年齡：＿＿＿＿　性別：□女 □男

聯絡電話：＿＿＿＿＿＿＿＿　E-mail：＿＿＿＿＿＿＿＿＿＿

地址：＿＿＿＿＿＿＿＿＿＿＿＿＿＿＿＿＿＿＿＿＿＿＿

學歷：□高中(含)以下　　□高中　　□專科學校　　□大學

　　　□研究所(含)以上 □其他＿＿＿＿＿＿＿＿

職業：□製造業 □金融業 □資訊業 □軍警 □傳播業 □自由業

　　　□服務業 □公務員 □教職　□學生 □其他＿＿＿＿＿＿

<table>
<tr><td></td><td>請 貼
郵 票</td></tr>
</table>

To：114

台北市內湖區瑞光路 583 巷 25 號 1 樓

秀威資訊科技股份有限公司　　　收

寄件人姓名：

寄件人地址：□□□

(請沿線對摺寄回,謝謝!)

秀威與 BOD

BOD（Books On Demand）是數位出版的大趨勢，秀威資訊率先運用 POD 數位印刷設備來生產書籍，並提供作者全程數位出版服務，致使書籍產銷零庫存，知識傳承不絕版，目前已開闢以下書系：

一、BOD 學術著作—專業論述的閱讀延伸
二、BOD 個人著作—分享生命的心路歷程
三、BOD 旅遊著作—個人深度旅遊文學創作
四、BOD 大陸學者—大陸專業學者學術出版
五、POD 獨家經銷—數位產製的代發行書籍

BOD 秀威網路書店：www.showwe.com.tw
政府出版品網路書店：www.govbooks.com.tw

永不絕版的故事・自己寫・永不休止的音符・自己唱